L'enfant du parc

Philippe Routier

L'enfant du parc

roman

Stock

Couverture Atelier Didier Thimonier
Photo de couverture : © Getty Images / Paul McGee

ISBN 978-2-234-07792-8

À Marie-Claire

Première partie

1

Un nuage solitaire parfois suffit à obscurcir la terre.

Pour sa toute dernière emplette, Renan Jackowiak avait choisi le magasin Leroy-Merlin où, trois ans plus tôt, une semaine après leurs noces, il avait acheté avec sa femme Élisabeth un bloc lavabo pour leur maison d'Amiens. Au lieu de flâner dans les travées à la recherche d'un article en promotion, comme il en avait pris l'habitude lors de ses précédentes visites, il s'était immédiatement dirigé vers le rayon où il pourrait trouver deux mètres de tuyau en kevlar. Il ne lui fallait vraiment rien d'autre.

Il les fit mesurer, couper et enrouler par un vendeur taciturne en blouse pâle, puis il rejoignit la file d'attente qui lui paraissait la moins lente. Lorsqu'il fut arrivé au tapis de caisse, il y déposa l'article avec précaution, comme s'il s'agissait d'une arme à feu chargée. Puis il quitta, très agité, le magasin, et pressa le pas vers la berline Škoda qu'il avait garée à cinq cents mètres, dans une allée en impasse d'un quartier pavillonnaire. Il déposa dans le coffre le tuyau emballé, s'assit au volant, mit le contact en serrant fort la clé entre le pouce et l'index et, l'esprit vide, il prit la direction de l'école maternelle Pauline-Kergomard.

Il actionna le frein à main devant l'établissement alors que son fils Thomas en sortait à toute vitesse, débordant d'énergie, apparemment ravi de ne plus devoir rester en classe, assis derrière une table. Il attendit quelques secondes que le gamin reconnaisse le véhicule et se dirige vers lui. Il s'était tassé sur son siège pour que personne ne l'aperçoive, tout en surveillant par les vitres qu'aucune voiture ne menaçait de faucher son fils.

Thomas, lui, regardait dans une seule direction. C'était sa mère qui devait le récupérer ce jour-là à la sortie de l'école et non son père ; il était étonné de ne pas la voir apparaître. Enfin, il tourna la tête, repéra la Škoda familiale et s'élança vers elle sans vérifier s'il était dangereux de traverser la rue. Le père eut un soubresaut, hésitant entre défaire sa ceinture pour sortir précipi-tamment du véhicule ou baisser sa vitre pour rugir une mise en garde. Il n'avait encore fait ni l'un ni l'autre quand l'enfant ouvrit à la volée une portière à l'arrière. Rassuré, Renan Jacko-wiak vérifia d'un coup d'œil que son fils la refer-mait correctement et il démarra en trombe, les mains contractées sur le volant et la tête enfoncée entre les épaules.

Il venait d'apercevoir dans le rétroviseur sa femme qui descendait la rue à la hâte. Elle boitil-lait dans ses bottines, une main plaquée sur le cœur pour lui commander de ne pas éclater. Elle portait la veste de tailleur rouge cerise qui lui avait toujours déplu et cela raffermit sa décision de la punir, non pas pour son retard ce jour-là, mais parce qu'elle tenait depuis des semaines à lui imposer le divorce.

Quand il était contrarié ou un peu malheureux, Renan montait parfois dans sa voiture pour rou-ler sans but précis sur la rocade nord. Il regardait les panneaux directionnels comme autant d'em-branchements possibles vers une autre vie. Depuis Abbeville, l'autoroute des Estuaires pouvait le conduire en Espagne ou bien, il aurait pu rouler jusqu'à Calais, abandonner sa voiture à la gare de Fréthun et monter dans un train Eurostar pour

Londres. Ces destinations étaient comme des trouées luminescentes dans le ciel de plomb qui généralement bouchait l'horizon picard. Cela le réconfortait de penser qu'il pourrait, dès qu'il l'aurait décidé, en atteindre une pour changer d'existence. Mais ce jour-là, aucune bifurcation ne le tentait plus ; il s'était enferré dans le désespoir. Il aurait voulu être resté l'homme sans grande ambition ni vraie frustration qu'il était encore une année plus tôt, redevenir pour le moins cet homme moyennement content. Mais il s'était convaincu que cela ne lui serait plus donné.

Il avait reçu le matin même une lettre de l'avocat de sa femme qui lui signifiait son intention ferme de divorcer et d'obtenir la garde exclusive de leur fils, au motif que le père n'aurait pas su le soigner, fût-ce d'une simple angine, ni l'emmener en vacances ailleurs que dans la bicoque insalubre de sa mère. Ç'avait été la vexation de trop pour Renan. Il ne s'en remettait pas, il était sûr de ne jamais s'en remettre.

Encore récemment, il lui semblait qu'Élisabeth et lui regardaient dans la même direction. Il ne s'était pas aperçu que c'était surtout dans celle de leur écran LCD, depuis leur canapé en vachette fripée. C'est sa femme la première qui avait dit déplorer l'enlisement de leur couple et maudire leur mode de vie. Elle avait déclaré qu'elle détestait leur maison style troubadour à l'ombre de la tour Perret (une vilaine construction en béton armé qui, durant peu d'années, fut le plus haut gratte-ciel d'Europe de l'Ouest) et qu'elle méprisait chaque jour davantage leurs emplois respectifs au Coliseum : serveuse à la buvette de la patinoire et chef de bassin à la piscine. Elle en voulait à son époux de s'accommoder du sien et, pire encore, de se dire satisfait de le conserver au prétexte que, dans le pays, le chômage s'aggravait. Un certain soir semblable aux autres, elle lui avait en bloc exprimé ses griefs et cela avait été pour lui un séisme qui lui avait fendu l'âme.

Élisabeth mûrissait un nouveau projet professionnel et persistait à en écarter son mari, dont elle jugeait le mental trop mou pour apprécier l'ampleur de son entreprise et la soutenir vaille que vaille. Elle comptait bientôt gérer seule un night-club à la sortie d'Amiens, sur la route de Poulainville, et elle attendait d'un jour à l'autre l'accord du siège lillois d'HSBC pour un crédit. Elle programmerait dans la boîte surtout de l'italo-dance, en partenariat avec les alcools Campari, et son dancefloor deviendrait vite assez renommé pour recevoir la visite d'Élodie Gossuin, Miss Europe 2001 qui, avec un ancien ministre des Transports, était l'une des deux célébrités vivantes de la ville. C'était ce qu'elle prévoyait dans un délai de trois ans, après quoi elle n'excluait pas d'ouvrir un autre établissement à Ostende ou à Bruxelles.

Elle avait décidé de se séparer de son mari dès qu'il lui était apparu insensible à son désir d'entreprendre, et le lui avait annoncé peu après qu'il eut osé railler ses premières démarches auprès de la Chambre de commerce et d'industrie. Ce même jour, elle s'était souvenue de la toute première fois où tous deux s'étaient regardés au fond des yeux. Alors émue, elle s'était dit cependant que leur découverte l'un de l'autre resterait toujours embarrassée. Et que leur abandon amoureux jamais ne serait total.

Privé de l'affection de sa femme, Renan Jackowiak vivait une éprouvante confrontation avec lui-même. Son quotidien lui semblait un loto sans fin dans une salle des fêtes, aux côtés de tous les déclassés du secteur qui auraient été embaumés sur place avant de repartir avec un lot minable : ventilateur miniature (pour pousser du vent) ou pèse-personne (pour gravir une marche plate). Il en avait assez de voir se succéder les journées sans jamais y figurer vraiment, assez de ne jamais recevoir de récompenses, de compliments, ni d'être l'objet d'aucune attention, même légère.

Il avait claqué la porte de la maison troubadour après une dispute plus virulente que les autres et un abonné de la piscine l'avait hébergé pendant trois nuits. Le type était un chômeur de longue durée qui venait chaque jour passer deux heures au Coliseum moins pour nager, que pour bavarder avec lui assis sur une chaise de jardin en plastique, au bord du grand bassin. Renan l'avait dispensé de porter un bonnet de bain car il avait le crâne toujours parfaitement rasé et l'abonné, qui n'avait plus reçu la moindre marque de considération depuis longtemps, avait interprété ce passe-droit comme une preuve d'attachement personnel.

Dormant chez cet homme, Jackowiak avait pensé qu'il pourrait manquer à Élisabeth et qu'elle en viendrait bientôt à réclamer son retour. Il se plaisait à l'imaginer triste et déroutée depuis son départ, étendue la nuit au milieu du lit, sur la partie légèrement surélevée du matelas : celle qu'Élisabeth et lui, pendant huit années de vie commune, avaient toujours laissée libre entre leurs corps écrasés de fatigue, celle que leur poids au repos n'avait pas tassée. Mais la lettre reçue ce matin-là lui montrait sans ambiguïté qu'Élisabeth vivait très bien sans lui, au point même de vouloir officialiser au plus vite leur séparation. Il se croyait désormais condamné à un destin de perdant célibataire.

Thomas s'agitait sur la banquette arrière, incapable de boucler sa ceinture.

– Qu'est-ce qui se passe ? s'irrita son père en se tournant vers lui. C'est quand même pas sorcier de mettre une ceinture.

Un incapable comme son père, crut-il entendre Élisabeth susurrer.

– Où est maman ? geignit le garçon.

– À la maison, elle nous attend.

– Toi aussi, tu rentres à la maison, papa ?

– Ouais, mais avant on va faire une petite promenade.

– Tous les deux ?

– Tous les deux !

– Mais on marche pas, dis, on reste dans la voiture !

– Oui.

– Youpi… On va loin ?

– On va loin, fiston, fit Renan d'une voix lugubre.

Renan ne connaissait qu'une manière de s'éloigner vraiment d'Amiens. C'était par l'autoroute qui le conduisait chaque dimanche depuis des années jusqu'à la baie de Somme, où il aimait regarder bouger les flots boueux de la Manche depuis sa voiture, tout en respirant l'odeur marine mêlée à celle de plastique pulsée par la ventilation. Il ne gagnait pas la baie pour observer les oies cendrées du Marquenterre, mais pour rendre visite à sa mère, veuve, qui vivait dans une étroite maison de pêcheur du Crotoy.

Après avoir roulé une vingtaine de kilomètres sur l'A16, Jackowiak s'arrêta sur l'aire de repos du Haut-Clocher et se tourna vers son fils. « Si tu veux faire pipi, profite, c'est le moment. Mais ne t'éloigne pas et reste de ce côté-ci des buissons. » L'aire était un lieu notoire de rendez-vous pour les homosexuels de la Somme et Jackowiak le savait. L'employé du Coliseum qui louait les patins à glace s'y rendait de temps en temps et s'en vantait beaucoup, par esprit de provocation. Il recommandait régulièrement l'endroit à Renan. « Ça te changera de ton Élisabeth, et le péage d'autoroute coûte moins cher qu'une entrée dans un sauna gay. » Cela avait piqué la curiosité de Jackowiak, qui était allé jusqu'à lire sur internet ce qu'on disait de ces rencontres sur l'aire du Haut-Clocher. Il avait été surpris de se trouver excité par les commentaires qui décrivaient le débridement sexuel des habitués du lieu. Il s'était souvenu de cela brièvement et, son fils gambadant à cet instant

19

dans les parages, s'était effrayé de ce qu'il avait pu lire et que Thomas aurait pu, dans le réel, maintenant surprendre.

Il resta dans la voiture sans quitter son fils des yeux et, son portable dans une main suante, ses pensées acides comme jamais, il infligea par SMS à Élisabeth le début de son châtiment.

Suis allé chercher Thomas
à l'école. Il est avec moi en
sécurité. Pour l'instant.

Tête baissée, Thomas revenait vers la voiture en refermant sa braguette à deux mains. Il chantonnait par intermittence, perturbé par la difficulté de ce qu'il était en train de faire. Son père pensa avec amertume que c'était aussi compliqué pour lui que de boucler une ceinture de sécurité. *Peut-être*, ricanait Élisabeth dans son imagination souffrante, *mais son père n'a jamais été plus doué.*

Quand il eut fini de se reboutonner, l'enfant parcourut en sautillant les derniers mètres jusqu'à la voiture puis se réinstalla joyeusement à l'arrière du véhicule.

– Pourquoi on s'arrête jamais ici quand on va voir mamie ?

– Aujourd'hui on va pas voir mamie.

– Mais c'est la route du Grodoi, je la connais.

Le petit garçon ne savait toujours pas prononcer correctement le nom de la station balnéaire où vivait sa grand-mère. Et les adultes, qui s'amusaient de l'entendre l'écorcher, ne l'avaient jamais corrigé.

– On ne va pas au Crotoy. On fait juste une promenade : je t'avais prévenu.

– On retourne à Amiens ?

– On va repasser par Amiens et puis… je sais pas… Qu'est-ce que tu dirais d'aller à Paris ? Tu connais pas… ça pourrait te plaire.

– C'est plus loin que le Grodoi ?

– Un peu, oui, mais je pensais que tu voulais rouler longtemps ?

– Oui, mais on peut peut-être aller voir mamie quand même, j'aimerais bien.

– C'est pas le jour, bonhomme. J'ai pas prévenu mamie qu'on viendrait. On va continuer quelques kilomètres en direction du Crotoy, jusqu'à la prochaine sortie, et puis on reprendra l'autoroute dans l'autre sens.

La nuit était tombée sur Paris quand ils y entrèrent par la porte de la Chapelle. Ils descendirent la rue Marx-Dormoy hachurée par la pluie et franchirent la tranchée maçonnée qui draine les trains à l'approche de la gare du Nord. Puis ils gagnèrent lentement la place de la Concorde au rythme des feux de croisement. Jackowiak voulait montrer à son fils les monuments illuminés, les avenues animées, le cœur palpitant de la ville, avant que le sien ne rende plus aucun son. Mais Thomas s'était endormi, la tête en avant, le buste barré par la ceinture de sécurité. Le cœur serré, Jackowiak lui jetait de temps en temps un coup d'œil ; il le trouvait adorable dans son jogging bleu roi, avec sur la poitrine l'inscription AMIENS MÉTROPOLE en lettres canari. Il se souvenait du matin où il avait acheté le survêtement. Une file d'attente avec trois poussettes s'était formée devant la caisse, il s'était vite impatienté et Élisabeth l'avait calmé en le sermonnant comme un enfant. Renan devait bien reconnaître que l'irritabilité avait toujours été son pire défaut. Désormais, il regrettait la plupart de ses colères, mais il savait qu'il était trop tard pour modifier le cours des choses et regagner l'estime ou l'affection d'Élisabeth. Finalement, il pensait que sa femme avait raison de vouloir mettre un terme à leur relation, mais il ne pouvait pas s'empêcher de la détester d'avoir pris cette décision. Il ne laisserait pas ce paradoxe le ronger longtemps.

La pluie avait cessé et le ciel s'était cuivré. Remontant les Champs-Élysées, qu'il n'avait pas revus depuis son enfance et dont l'image était restée dans sa mémoire comme un vieux chromo blond, Renan fut pris progressivement d'un profond dégoût de tout, qui s'amplifiait à mesure qu'il approchait de l'Arc de triomphe. Il regardait les groupes de jeunes gens sur les trottoirs, marchant fièrement comme si l'avenue avait été pavée pour leur usage exclusif, et les couples musardant menton levé comme s'ils respiraient l'air sain d'une vallée riante. Il se dit que ce n'était pas un spectacle plausible sur la terre, que les promeneurs finiraient pour leur malheur par le découvrir.

Arrêté à un feu, il observa une jeune femme qui trottinait aux côtés de son compagnon, les doigts accrochés à la saignée de son bras, et il se fit la réflexion que jamais Élisabeth n'avait ainsi recherché la douceur de son escorte. Si elle prenait parfois sa main dans la sienne, c'était pour la lâcher dès qu'elle commençait à transpirer.

Approchant du monument, il réveilla Thomas sans se retourner vers lui. « Regarde, chéri, c'est l'Arc de triomphe. » Il s'étonnait d'avoir prononcé cette phrase, une phrase automatique d'adulte qui apprend une chose de plus à son enfant. Quel sens cela pouvait-il avoir désormais ?

Dans le rétroviseur intérieur, Renan ne voyait de son fils que ses cheveux emmêlés, plaqués sur son front par la sueur, mais il devinait que le monument illuminé l'intéressait moins que le reflet des feux de voitures sur le bitume humide. Il baissa sa vitre pour réduire la buée dans l'habitacle et traversa la place Charles-de-Gaulle à vive allure, manquant de peu d'emboutir un taxi, menaçant pied au plancher un livreur de sushis en scooter, puis il s'engagea en décélérant sur l'avenue de la Grande-Armée.

Avant d'atteindre la porte Maillot, il stationna en double file devant une agence bancaire et sortit de la voiture après avoir verrouillé les portes sur Thomas, qui venait de se rendormir. Il courut vers le distributeur mural et, cachant d'une main celle qui tapait son code, retira toutes les espèces qu'il pouvait. Il savait que des pillards pouvaient dissimuler une webcam à l'aplomb des claviers et enregistrer le code composé, aussi ne manquait-il jamais de masquer d'une main les doigts qui enfonçaient les touches. Il dissimula son geste cette fois-ci encore, par habitude, bien que le risque de se faire voler son code ne revêtît plus aucune importance depuis la minute où il était sorti du Leroy-Merlin, avec ses deux mètres de tuyau en kevlar.

Il craignit une seconde qu'Élisabeth ait ordonné à son banquier d'interdire tout retrait sur le compte qu'ils partageaient depuis leur mariage. Elle obtenait beaucoup du directeur de son agence HSBC depuis qu'elle avait promis de lui confier les recettes de son futur night-club sur la route de Poulainville, et son mari ne doutait pas qu'elle aurait su provoquer sans difficulté le blocage de leur compte joint. Mais la machine délivra les cinq cents euros demandés sans autres questions que « Retrait avec ticket ? » et « Retrait sans ticket ? » Les billets étaient neufs ; Jackowiak aurait pu se dire qu'ils avaient été spécialement imprimés pour lui permettre de commencer avec eux une nouvelle existence, mais il n'eut aucune pensée de ce genre. D'ailleurs, il ne raisonnait plus guère.

Il revint à la voiture, ouvrit une portière, se pencha sur son fils endormi et, dégageant vers les tempes ses épais cheveux bruns poissés de sueur, il l'embrassa tendrement sur le front. Puis il se redressa d'un mouvement lent et, les mains à plat sur le toit du véhicule, il fondit en larmes.

Arrivé place de la Porte-Maillot, il fit demi-tour et se mit à chercher sa route vers Châtelet. Il pensait encore à Élisabeth, il lui enviait son esprit le plus souvent tendu vers l'avenir quand lui s'enfonçait inexorablement dans le chagrin.

2

Tourmentée comme jamais, Élisabeth avait découvert le premier SMS de son mari après le rapt de Thomas. La peur au ventre, elle se le répétait en boucle. *Suis allé chercher Thomas à l'école. Il est avec moi en sécurité. Pour l'instant.*

Quand elle était arrivée à l'école Pauline-Kergomard quelques secondes après que son fils fut monté dans la Škoda, elle avait remarqué le véhicule qui s'éloignait et aussitôt déduit qu'il était à bord. La directrice le lui avait confirmé, en signalant que le père de Thomas l'avait attendu dans sa voiture de l'autre côté de la rue, ce qui n'était pas prudent, car aucun agent communal n'était venu ce jour-là protéger les traversées des enfants. Élisabeth avait appelé en vain son mari sur son portable et lui avait laissé une longue série de messages qui allaient du ton platement interrogatif à la menace, en passant par l'aveu de panique et la supplique. Puis, refusant d'alerter la police, elle était retournée chez elle pour prendre son véhicule, une Fiat Uno déglinguée, et s'était lancée à la poursuite de son mari. Songeant qu'il avait pu vouloir emmener Thomas à l'improviste chez sa grand-mère, elle s'était engagée comme lui sur l'A16.

À vingt-cinq kilomètres d'Amiens, elle reconnut la berline de l'autre côté du terre-plein central, qui fonçait pleins phares dans le sens opposé. Après l'avoir regardée disparaître dans son rétroviseur, elle parcourut les quelques kilomètres jusqu'à la sortie suivante, la tête bourdonnante, la bouche sèche et le pied comme un parpaing sur la pédale d'accélération. Elle n'avait pas réussi à distinguer les deux passagers dans l'habitacle, mais la carrosserie bleu tempête du véhicule était suffisamment rare chez Škoda pour qu'elle fût persuadée d'avoir croisé la voiture familiale.

Quand la Fiat prit la bretelle de sortie vers Abbeville-Est, sa vitesse était trop élevée pour en suivre la courbe jusqu'au bout. Le véhicule dérapa sur l'accotement, franchit un fossé peu profond et fit trois tonneaux violents sur une langue de terre dure.

La moelle épinière sectionnée sous l'atlas, le volant comme fondu dans ses mains, Élisabeth ne survécut pas deux minutes à la sortie de route. Quelques secondes avant de mourir, elle crut voir Thomas poser sur elle des yeux incrédules, Thomas au visage ingénu qui n'en revenait pas plus qu'elle de ce qui venait de lui arriver.

3

Après une nuit au Best Western Grand Hotel de l'Univers, dans le VIᵉ arrondissement, Renan Jackowiak emmena son fils en promenade au jardin du Luxembourg. Il avait payé en espèces la chambre double, le buffet à l'anglaise du petit-déjeuner, le minibar (deux mignonnettes de vodka pour lui, un Bounty pour Thomas et une bouteille d'eau qu'il glissa dans le sac à dos du garçon parmi ses affaires d'école) et enfin le repassage de la chemise blanche qu'il porterait quelques heures plus tard, quand il exécuterait son plan définitif. La note était salée, la plus élevée qu'on lui eût jamais présentée dans un hôtel, même pour sa nuit de noces dans un manoir du Touquet.

– Tu veux une gaufre ? demanda-t-il à son fils.

– Y avait trop à manger au petit-déjeuner. J'ai pas faim.

– Il faut que tu saches ce que c'est qu'une gaufre à Paris. Elles sont plus légères que les gaufres de Liège qu'on mange par chez nous. Je vais t'en chercher une.

– Je viens avec toi.

– Non, tu restes près du grand bassin et tu regardes les bateaux, je reviens.

– J'ai pas envie d'une gaufre, papa. J'ai un peu mal au ventre. Reste avec moi.

– Bon, alors qu'est-ce que tu dirais de monter sur un poney plutôt ?

– Ça secoue pas ?

– Non, ici c'est les poneys les plus doux que je connaisse. Tu en choisis un et je te regarderai.

Le regarder, c'est ce que fit Renan, avec aux lèvres un fin sourire froid. Le regarder intensément, jusqu'à ce que Thomas se penche en avant sur sa monture comme s'il allait la lancer au galop. Alors Renan tourna brusquement les talons et se dirigea, flageolant sur ses jambes, les larmes aux yeux, vers la sortie donnant sur le théâtre de l'Odéon. Il s'engagea ensuite dans une rue calme, comme s'il gagnait la coulisse où il pourrait quitter le personnage infâme qu'il venait de jouer.

Il rejoignit sa voiture garée rue Monsieur-le-Prince, devant le restaurant Polidor. La Škoda familiale brillait sur la chaussée et Jackowiak pouvait la distinguer de loin. C'était un gros jouet bleu qu'il lui faudrait vite reprendre et ranger quelque part, un objet dangereux dont il n'aurait jamais dû se servir. Il s'assit au volant et envoya à sa femme son deuxième SMS depuis le rapt : le plus cruel des deux.

J'ai noyé Thomas dans la
baie de Somme.
Avant de me foutre en l'air.

Ce fut le chef d'escadron de la gendarmerie d'Amiens qui le premier le découvrit, après que l'appareil vibrant d'Élisabeth fut tombé de son bureau.

4

Ensuite, Renan roula vers la forêt de Compiègne avec la radio allumée, mais sans rien écouter du programme. La station diffusait des chansons de Brassens en créole, c'est-à-dire rien qui aurait pu lui réchauffer l'âme.

Il haïssait le monde d'être insensible à son chagrin. Misérable, il songeait à sa femme, rêvant de l'enlacer et d'approcher le visage des paillettes ambrées de ses yeux. Dès le premier jour, il l'avait trouvée puissamment attirante, même ce jour d'été où elle était venue travailler au Coliseum avec un chemisier ruché couleur champagne qu'elle tenait de sa mère. Il se demandait encore comment il avait pu la séduire, les premiers temps. Peut-être était-ce seulement parce qu'elle s'était habituée à sa présence sur son lieu de travail, peut-être était-ce parce qu'elle avait fini par le juger aussi rassurant qu'inoffensif. Leur toute première rencontre avait eu lieu dans le petit réfectoire mis à la disposition du personnel. Elle était entrée d'un pas souple dans la pièce et la lumière s'était soudain dorée; la cafetière avait perdu sa banalité pour devenir un noble appareil au service d'une beauté.

Sa vie avec elle avait été un rêve paisible dont il refuserait toujours de se réveiller.

Approchant la masse obscure de la forêt, Renan imagina, avec une douleur aiguë dans la poitrine, le désarroi de son fils quand il était descendu du poney et qu'il l'avait forcément cherché des yeux. Il cherchait à le rassurer, par toute la tension dont son esprit était capable. *Quelqu'un va te trouver, mon fils, on te rendra à ta mère si tu veux. Elle te racontera peut-être plus tard, à sa manière, que je t'ai enlevé, elle te dira peut-être ce que je lui ai fait croire quelques heures pour la faire souffrir. Tu me haïras pour ça, mais quand tu seras adulte et que toi aussi tu auras mal, tu me comprendras, tu me pardonneras peut-être.*

Plus il s'éloignait de son fils, plus il manquait d'énergie et se dégoûtait lui-même. Il ne vaudrait jamais la dernière pelletée de terre qui serait jetée sur sa tombe.

5

Le lendemain, des ramasseurs de champignons aperçurent sa voiture, le pare-chocs avant appuyé contre le tronc d'un hêtre. Ils s'approchèrent de la vitre du conducteur et le virent avec la tête renversée en arrière entre deux sièges, la bouche grande ouverte. Il avait les bras écartés, comme s'il était tombé d'une tour en planant.

Ils conclurent vite qu'il était mort asphyxié et alertèrent les autorités.

Jackowiak avait succombé à l'inhalation des gaz brûlés de la Škoda, dirigés depuis le pot d'échappement vers l'habitacle par deux mètres de tuyau en kevlar. Entre écœurement et soulagement, il en avait respiré les premiers effluves avec avidité puis s'était laissé étouffer par les suivants sans résister, les mains crispées sur le volant bloqué, pour éviter de saisir la poignée de la porte et de l'actionner.

Quand les gendarmes ouvrirent sa portière, France Bleu Picardie diffusait la nouvelle de la mort d'Élisabeth, la veille, à la sortie Abbeville-Est de l'A16. Absent comme son fils du domicile familial, son mari était activement recherché, précisait une voix blanche, sans plus d'affect que si elle avait annoncé une foire aux fromages dans un bourg de l'Oise. L'auditeur serait informé du résultat des recherches dès que la rédaction en saurait plus ; il serait tenu au courant, même si le destin de cette petite famille devait le laisser parfaitement froid.

Deuxième partie

1

Après l'atterrissage, tandis que l'Airbus pointait son cockpit vers le terminal, Juliette Harlay eut le sentiment que le temps n'était plus qu'une pente raide vers ce qu'elle avait solidement résolu et qu'elle nommait, sans du tout s'en émouvoir, sa disparition. Elle avait pris sa décision lors de la descente sur Roissy, peu après avoir décollé sa tête de l'épaule de Thierry. Au sortir d'un court sommeil agité, elle s'était mise à observer son compagnon encore endormi : ses traits un peu mous, son teint d'hépatique et ses paupières pleines comme un œuf. Quand elle se fut lassée de cet examen, elle émit un soupir discret, desserra légèrement sa ceinture de sécurité et, détournant le regard vers l'encre noire du hublot, commença d'y noyer ses pensées désolées.

Songeant qu'elle ne voudrait plus jamais se réveiller aux côtés de Thierry, elle avait pris sa décision avec une fermeté dont elle aurait été encore incapable un mois plus tôt. Son plan était d'une absolue pureté et Juliette se flattait de l'avoir élaboré aussi rapidement, par un puissant flux de pensée. Depuis qu'elle avait passé le cap des trente-cinq ans, elle tenait la simplicité pour une vertu cardinale et se félicitait de ce que son dessein de rupture avec Thierry fût aussi élémentaire. Autant qu'elle lui faisait peur, sa radicalité lui procurait une excitation inhabituelle.

Aussitôt entrée dans le hall des arrivées derrière son compagnon, Juliette, de sa voix la plus suave, le pria de se poster devant le tapis roulant et de guetter l'arrivée des valises. « La mienne a un foulard vert autour de la poignée, tu te rappelles ? » Puis, s'excusant, elle se dirigea vers les toilettes.

« J'ai besoin de me rafraîchir », fit-elle en s'éloignant des passagers qui, inquiets de manquer le premier tour des valises sur le tapis, s'amassaient en U autour de lui.

Penchée au-dessus d'un lavabo, elle aspergea son visage d'eau froide pour se donner du courage, en aspira une gorgée au filet du robinet, ressortit, et, sans même lancer un seul regard vers la zone des bagages, se dirigea directement vers la sortie pour gagner la station de taxis. L'esprit terriblement lucide, le pas de plus en plus ferme, elle se hâtait vers sa nouvelle vie.

Le chauffeur antillais d'une Audi prit Juliette Harlay en charge. Qu'elle n'ait pas de bagages ne parut pas le surprendre, soit parce qu'il la prenait pour une employée de l'aéroport, soit parce qu'il était trop occupé par ses propres réflexions. Les artisans taxis parisiens protestaient depuis quelques jours contre un arrêté les limitant à deux courses quotidiennes vers l'aéroport Charles-de-Gaulle et l'Antillais se demandait s'il ferait grève avec ses collègues le lendemain. Il savait que cette mesure menaçait de tarir l'une de leurs sources de revenus les plus juteuses, mais il hésitait encore à renoncer aux recettes d'une journée de travail pour exprimer avec eux son mécontentement.

Cinq heures auparavant, dans le car qui l'emmenait à l'aéroport de La Valette, Juliette avait reçu sur son smartphone une alerte qui l'informait du conflit social. Aussi fut-elle peu étonnée quand elle vit le chauffeur rejoindre un groupe de collègues après avoir, d'un geste las, refermé sur elle la portière de l'Audi. Elle devinait qu'il allait les interroger sur leur intention de cesser le travail.

Revenu à la voiture, l'Antillais s'écroula sur son siège, essuya ses paumes moites sur les manches de sa veste et, après avoir mis le contact, se saisit de son kit mains libres.

– Je vous écoute, lança-t-il à sa cliente sans s'excuser de l'avoir fait attendre.

Juliette crut d'abord que le conducteur s'adressait par téléphone à son dispatcheur.

– Je vous écoute, répéta-t-il, impatient, en cherchant dans le cadre du rétroviseur le regard de sa passagère.

– Oh… Porte de Versailles, s'il vous plaît.

– Par les extérieurs ?

– Euh… le mieux selon vous.

– Ben, ça dépend si le mieux veut dire le plus rapide…

– Oui, disons que le plus rapide sera le mieux, fit Juliette le plus aimablement possible.

– Il est deux heures du matin : le périph' est vide…

– Alors va pour le périph'.

Tandis qu'ils traversaient la zone aéroportuaire, Juliette s'appliquait à lire, bien qu'elles fussent pour la plupart éteintes, les enseignes des sociétés de fret. Cela l'aidait à réprimer le sentiment de honte qui la gagnait à l'idée du mauvais tour qu'elle venait de jouer à Thierry. Après avoir récupéré les valises dans l'angle curviligne du tapis roulant, son compagnon l'avait attendue un long moment à la sortie des toilettes, puis, songeant qu'elle avait pu être victime d'un malaise, il y était entré en poussant devant lui leurs bagages sur un chariot. Une employée qui était en train de nettoyer les miroirs l'avait sermonné : ces toilettes étaient réservées aux femmes et, de toute façon, personne ne devait y entrer avec un chariot.

Juliette imagina un court instant Thierry déconcerté, arrondissant ses gros yeux bleus pour la chercher du regard, mais elle sut vite dissiper le remords que son égarement supposé commençait à lui inspirer. Elle repenserait plus tard à cet épisode comme à leurs quatre années de vie commune. Et elle n'excluait pas d'en ressentir quelque chagrin.

Elle concentra son regard sur la nuque puissante du chauffeur qui, tonique et droit sur son siège, conduisait calmement sur l'autoroute du Nord quasiment vide. De temps en temps, roulant sur du feutre anthracite, l'Antillais dépassait un poids lourd ou un autocar, sans modifier sa vitesse ni changer de file. Il approchait de Paris dans la sérénité, comme s'il se dirigeait vers une antique futaie endormie.

Juliette, quant à elle, dans un fol état d'excitation et de peur, se sentait tout à la fois libre et traquée. Les véhicules qui circulaient en codes sur les voies opposées l'aveuglaient comme s'ils étaient pleins phares.

Le trois-pièces de Marion, sa seule amie véritable, faisait partie du plan. Il était situé rue Lacretelle, près de la porte de Versailles, et Juliette en possédait la clé. Célibataire chevronnée devenue un peu acariâtre, Marion la lui avait confiée en l'invitant à s'en servir quand elle le voudrait, même à l'improviste, par exemple quand elle se serait querellée avec Thierry. Si Juliette devait se séparer de son compagnon pendant un temps ou, mieux encore, définitivement, elle ne devrait pas hésiter une seconde à s'installer rue Lacretelle. Marion insistait souvent : « Ne te gêne surtout pas. » C'était Thierry Mouquet qui hébergeait Juliette Harlay et non l'inverse ; ce serait donc à Juliette Harlay de changer d'adresse après la rupture.

Séjourner quelque temps dans l'appartement de Marion permettrait à Juliette d'échapper aux recherches de Thierry, car celui-ci serait incapable de le localiser et donc d'y venir la chercher. Il n'avait jamais tenu à rencontrer Marion ni même à savoir où elle habitait ; il n'aurait même pas su dire si elle vivait à Paris. S'il connaissait son existence, c'était parce qu'il lui était arrivé deux ou trois fois de voir son prénom s'afficher sur le mobile de Juliette. Il ne connaissait pas davantage son patronyme et ne disposait donc d'aucun moyen de découvrir son adresse.

La suite du plan impliquait que Juliette ignore les messages que lui enverrait forcément son compagnon désemparé et qu'elle change le plus tôt possible ses propres coordonnées. Ce serait suffisant pour disparaître de sa vie et qu'il s'efface de la sienne. Thierry s'était toujours abstenu de rencontrer les proches de son amie ; il ne savait rien d'eux et n'apprendrait rien de leur bouche. Il ne pourrait pas non plus rendre visite à Juliette sur son lieu de travail, car elle n'en avait aucun qui fût fixe. Elle avait créé une e-boutique d'équipements contre les incendies et elle n'avait guère besoin que d'un ordinateur portable pour exercer son activité.

Dans le taxi, Juliette songeait que, douze heures plus tôt, elle se promenait encore sur les remparts de La Valette en compagnie de Thierry, qui multipliait les gestes amoureux. Cet épisode trop sucré à son goût avait achevé de la détourner de lui. Elle se félicitait de l'avoir quitté, mais sa liberté retrouvée commençait déjà à l'effrayer.

L'Audi roulait avec régularité sur la rocade, en respectant scrupuleusement la limitation de vitesse, quand Juliette entreprit de composer mentalement la lettre expéditive qu'elle comptait envoyer le lendemain à Thierry. *Je vais bien: je t'ai quitté. Si tu as récupéré ma valise, débarrasse-t'en ainsi que de mes affaires restées chez toi. Je ne viendrai pas les chercher. Ne tente pas de savoir où je vis à présent ni ce que je fais. Ce serait tout à coup me porter davantage d'intérêt que pendant ces quatre années absurdement passées ensemble.* Mais ça ne lui convenait pas; ce court message présentait l'avantage de confirmer sans ambiguïté la rupture, mais elle ne le voulait pas aussi blessant. Thierry ne méritait certainement pas d'être humilié ainsi.

Dès que l'Audi se fut engagée dans la rue Lacretelle, Juliette avança la tête pour lire au compteur le prix de la course, puis sortit un porte-monnaie de son sac à main. La lumière des réverbères éclairant mal l'habitacle, elle eut toutes les peines du monde à réunir le montant qu'elle devait au conducteur. «Gardez tout», lui lança-t-elle quand il eut stoppé. Elle ignorait ce qu'elle lui laissait en pourboire et n'avait pas l'intention de le calculer. Elle préparait plutôt ce qu'elle annoncerait à Marion dès qu'elle serait entrée dans son vestibule: *J'ai quitté Thierry, je l'ai planté à Roissy et je ne sais même pas quelle tête il a faite. J'ai besoin de rester chez toi quelques jours, pour faire le point.*

L'atmosphère gardait prisonnier de la ville un parfum de platanes sous oxyde de plomb, mêlé de relents de fricots domestiques, avec des pointes d'oignon, de ragoûts au vin : peut-être des plats de célibataires qui, s'étant relevés dans la nuit avec un creux à l'estomac, réchauffaient leurs restes sur une plaque. Juliette aimait ce bouquet d'odeurs, qui lui confirmait son retour dans sa ville de cœur. Elle vibrait du désir d'y vivre bientôt d'intenses moments, sans avoir aucune idée pourtant de leur nature nouvelle.

Devant l'immeuble de son amie, elle s'aperçut qu'elle ne se souvenait plus du code d'accès. Elle l'avait noté dans un petit calepin en cuir grenu rouge que Thierry lui avait offert lors de leur premier dîner de la Saint-Valentin, mais quand elle voulut le consulter, elle se rendit compte qu'il s'éloignait à la vitesse de l'Audi, au fond du sac à main qu'elle venait d'oublier sur la banquette arrière. Le véhicule était en train de grimper la rue Lacretelle pour tourner à angle droit vers la rue Vaugelas. Elle agita les bras dans l'espoir que le conducteur la remarquerait dans son rétroviseur, mais en vain : l'Antillais, occupé à virer en balayant des yeux la chaussée devant lui, se désintéressait totalement de ses arrières. Sa passagère n'était déjà plus qu'un souvenir vaporeux : une petite brune piquante qu'il aurait peut-être draguée s'il avait conduit de jour, ralenti par la densité du trafic. Il ne l'avait regardée qu'à deux reprises, distraitement, d'abord quand elle s'était approchée de son véhicule à Roissy puis dans le rétro quand il l'avait interrogée sur leur destination. Maintenant, elle ne représentait déjà plus pour lui qu'une course à cinquante-huit euros, qu'il oublierait dès qu'il aurait rempli le bordereau comptable de la nuit.

L'agenda comme la clé de l'appartement de la rue Lacretelle étaient restés dans le sac de Juliette, avec son téléphone. La jeune femme n'avait plus à la main que son porte-monnaie, qui ne contenait pas de quoi payer une chambre d'hôtel. Elle ne pouvait pas non plus appeler Marion depuis une cabine téléphonique car le numéro de son amie, enregistré parmi ses contacts, ne s'était jamais imprimé dans sa mémoire. Juliette enrageait. Trois quarts d'heure plus tôt, elle entrait avec détermination dans une nouvelle vie et à présent, bêtement dépouillée de ses affaires, elle ne savait pas seulement comment s'épargner de dormir dans la rue.

Le ciel était encombré de nuages plus noirs que la nuit. Tandis que Juliette faisait les cent pas sur le trottoir en attendant qu'un résident ouvrît la porte d'entrée de l'immeuble, son amie Marion dormait profondément, en serrant contre son ventre le second oreiller de son lit.

2

Thierry Mouquet, quarante-quatre ans, le cheveu dru laqué noir, était un type blafard au front haut. Il occupait le poste de directeur des opérations industrielles chez Carboteknica, une société spécialisée dans la détection des incendies, mais il voulait mieux. Il avait été embauché quatre ans plus tôt pour étudier les évolutions du marché, gérer les accords commerciaux, arrêter des choix d'investissement et commander des études pointues au service méthodes, mais il passait aussi beaucoup de temps, enfermé dans son bureau entre quatre murs plaqués de merisier, à examiner sur internet le parcours professionnel de ses anciens camarades des Ponts et Chaussées ou à tenter de percer l'énigme de leur obédience maçonnique. Fils d'un artisan du vitrail, il était de ces rares individus d'extraction modeste que la méritocratie républicaine réussit encore à placer aux leviers de commande d'une entreprise ou d'un service de l'État. Il était habitué aux promotions régulières et la vice-présidence de sa société lui paraissait, après quatre années consécutives au même poste, devoir lui revenir sans trop attendre. Cependant, depuis que son grand rival au sein du comité exécutif avait fait la une du *Moniteur*, il craignait de pâtir de la comparaison de leurs talents. Depuis la parution du portrait du directeur des affaires publiques, il dormait mal et harcelait chaque jour le directeur de la communication pour qu'il lui obtînt une interview dans *Usine nouvelle*. Laurent Fortuit lui répondait invariablement qu'il ne pouvait rien lui garantir, que les journalistes étaient libres de leurs choix ou, en tout cas, entretenaient pour leur propre estime l'illusion de l'être.

Personne chez Carboteknica n'aurait souhaité partir en vacances avec Thierry Mouquet ou ne se serait aventuré à lui raconter une histoire drôle, de peur de ne lui arracher qu'une grimace boudeuse, mais tout le monde le tenait pour un dirigeant compétent et respectable, doté d'un formidable esprit analytique. Il existait même une rumeur selon laquelle l'entreprise devait une grande part de sa réputation de sérieux à la « vista » de son directeur des opérations industrielles et à l'infaillibilité de ses algorithmes. Quand il s'exprimait lors d'un séminaire des cadres dirigeants, c'était toujours de manière posée, le débit parfaitement égal, comme une machine impossible à dérégler. Tout ce qu'il disait était absolument rationnel, indiscutable, jamais risible : d'un ennui exemplaire. L'ensemble du personnel le croyait tout dévoué à Carboteknica et, mis à part Maud Lafarge, son assistante présente au bureau une dizaine d'heures par jour, personne ne soupçonnait qu'il ne consacrait que trois ou quatre demi-journées par semaine à exercer ses fonctions.

Le lendemain soir de la disparition de sa compagne à Roissy, après une journée de bureau consacrée essentiellement à effacer les mails amassés pendant ses vacances et à lire les alertes Google sur ses congénères diplômés des Ponts, Thierry Mouquet rentra chez lui plus tôt que d'habitude dans l'espoir d'y retrouver Juliette. Il espérait l'y voir, détendue, accueillante, le regard direct, comme si elle n'avait perdu de vue son ami que depuis le matin. Il n'avait reçu aucun message de rupture, car elle avait finalement jugé trop violent de lui en adresser un. Il n'était ni en colère ni angoissé, mais complètement désorienté.

Il avait besoin d'explications. Plus encore que de récupérer sa compagne et de reprendre leur vie commune, il voulait comprendre la raison de sa disparition à l'aéroport et de son silence depuis lors. Dans la sphère privée autant qu'au travail, il s'imposait de saisir la logique de chaque situation et l'enchaînement de toutes ses causes. Ne pas y réussir pouvait le rendre physiquement malade. Il avait réfléchi une bonne partie de la journée à ce qui pouvait expliquer la soudaine absence de Juliette et n'était arrivé à aucune conclusion valable. Pire : il s'était découvert incapable de supputer quoi que ce fût. Jamais son bel intellect ne lui avait paru aussi stérile ; jamais, même lors des concours les plus rudes de sa jeunesse, il ne lui avait autant fait défaut.

Certes, il avait parfois trouvé étranges certaines attitudes de Juliette ou excessives quelques-unes de ses réactions, mais il ne pensait pas pour autant que cela aurait pu l'aviser de ce qui allait se passer.

Quand il découvrit l'appartement vide, il s'effondra dans le canapé et se mit à sangloter. Il tâcha de se reprendre, mais sans succès, car lui revint alors à l'esprit la une du *Moniteur* qui montrait le directeur des affaires publiques posant, l'air comblé, dans l'atrium du siège de Carboteknica. Pour la première fois de sa vie d'adulte, il s'accusa de n'être qu'un raté, de ceux que les femmes abandonnent parce qu'ils n'intéressent personne. Il s'injuriait, en choisissant les mots les plus cruels, tout en sachant quand même qu'il exagérait.

3

Jamais Juliette Harlay ne fut sûre ni d'être amoureuse de Thierry Mouquet ni des raisons pour lesquelles elle vivait avec lui. Elle l'avait rencontré à Villepinte au Salon de la prévention des risques. Ils participaient tous deux à un débat sur le reconditionnement des détecteurs d'incendie et elle avait d'emblée remarqué son attitude placide et la clarté de ses interventions. Elle s'était même surprise à noter quelques-unes de ses formules avec l'arrière-pensée de les utiliser pour présenter ses propres activités sur les réseaux sociaux. À l'issue du débat, elle avait accepté de déjeuner avec lui dans un restaurant de fruits de mer à l'extérieur du bâtiment où se tenait le salon, plutôt que de prendre comme prévu une collation sur place.

À l'époque, elle recherchait activement l'homme qui deviendrait le père de Léonard : le prénom déjà fixé de son projet d'enfant, un petit nom qu'elle avait trouvé avec Marion dans l'intimité de leurs jeux d'ados et auquel elle tenait depuis lors par amitié pour elle. Elle préférait accepter une invitation directe à déjeuner plutôt que de devoir évaluer le profil d'un inconnu sur un site internet. Thierry lui avait vite inspiré confiance par son sérieux, ses gestes économes et ses bonnes manières (il lui avait donné le choix au restaurant entre de l'eau plate et une eau pétillante, avait discrètement réglé le déjeuner au comptoir et lui avait tenu la porte pour sortir de l'établissement). Il était resté discret sur sa vie personnelle et n'avait pas tenté d'apprendre si la sienne était celle d'une célibataire, d'une mère, d'une épouse, d'une sportive ou d'une lectrice de romans d'amour. Ils avaient surtout énuméré les avantages et les inconvénients d'être comme lui salarié d'une grande firme, ou comme elle de développer son propre business. Ils avaient tous deux tacitement apprécié de n'en tirer aucune doctrine et de n'envier ni ne réprouver la place de l'autre.

Thierry avait étudié son invitée tandis qu'elle dégustait une langoustine en ravioli et des huîtres rôties. Il se rappellerait toujours combien il avait trouvé gracieuses ses épaules étroites, et délicates ses clavicules saillant doucement sous une peau sans rougeurs.

Juliette, sans éprouver de nette attraction physique pour Mouquet, avait très vite jugé sa compagnie agréable. En se quittant à l'entrée du parc des expositions où leurs programmes respectifs allaient les éloigner l'un de l'autre, ils esquissèrent le geste de se serrer la main, mais se ravisèrent et échangèrent deux bises. C'est à ce moment très précis, et pas du tout auparavant, qu'ils furent gagnés par leur première émotion réciproque.

Le soir même, Thierry Mouquet adressait à Juliette Harlay un mail complice depuis sa messagerie privée, sans plus aucune allusion au salon de Villepinte, et il n'en fallut pas davantage pour que Juliette commençât d'envisager Thierry comme un amant plausible.

Juliette s'installa chez Thierry quelques mois plus tard. Elle y fit porter peu d'affaires : deux valises bourrées de vêtements, une commode en frêne que sa mère lui avait offerte pour ses quinze ans, un grand sac à glissière rempli de chaussures et une armoire à linge qui fut démontée dans sa studette du quartier du Temple pour être remontée rue de Babylone dans le trois-pièces de Thierry. Elle était d'accord pour tolérer provisoirement dans ce nouvel appartement le canapé mou couleur caramel et les lampes halogènes au pied doré ; elle verrait plus tard ce qu'il faudrait y changer, selon la direction que prendrait leur histoire.

Un soir, tandis qu'elle lui préparait un magret de canard, elle lui confia son envie d'enfant, mais sans avouer à quel point celle-ci grandissait de jour en jour. Elle avait fait revenir la viande au wok et blanchi les légumes dans l'eau bouillante. Elle venait de tout regrouper sur le feu quand elle exprima son désir. Thierry eut l'air de n'avoir rien entendu. « Faut arrêter la cuisson », intervint-il subitement en retirant le wok du feu, avant d'annoncer d'un ton neutre qu'il était stérile.

Il savait que Juliette réclamerait des précisions. Il lui dit alors qu'il avait découvert son infirmité peu après son premier mariage et que, depuis le divorce qui s'était vite ensuivi, il avait toujours abrégé ses liaisons avant que l'idée de procréer ne commence à germer dans l'esprit d'une petite amie. « Il paraît que mes spermatozoïdes sont immatures, que leur forme ne leur permet pas de se déplacer jusqu'à l'ovocyte », expliqua-t-il d'une voix tout à coup détimbrée, semblable à celle qu'il avait après le coït quand il dirigeait son sexe détumescent vers la douche.

Juliette s'était mise à enrouler nerveusement autour de son index une mèche qui d'habitude lui barrait l'œil. Elle ignorait si elle devait immédiatement se sentir trahie ou d'abord compatir à l'incapacité de Thierry. «Je ne sais pas trop ce qu'on entend par spermatozoïdes immatures, poursuivit-il avec un sourire gêné… Mais ce qui est certain, c'est que je ne pourrai jamais te donner d'enfants.»

La nouvelle avait sérieusement ébranlé Juliette, alors âgée de trente-sept ans et pour qui le temps pressait de devenir mère. Elle avait d'abord pensé quitter Thierry Mouquet pour aller chercher ailleurs la semence qui féconderait ses ovules encore avides. Mais elle gardait un souvenir désespérant de ce genre de quête en compagnie de Marion dans les bars du canal Saint-Martin et, rebelle à l'idée d'y retourner, elle avait préféré rester aux côtés de son compagnon.

4

Si elle n'avait appris à Malte la mort de sa mère, Juliette aurait sans doute attendu encore quelque temps avant de se séparer de Thierry. La triste nouvelle avait précipité sa décision de disparaître de sa vie. Elle n'avait pas voulu lui annoncer le décès de Jeanne, qui ne devait être douloureux que pour elle-même et son père, de crainte de devenir l'objet de sa compassion puis de l'avoir dans les jambes quand elle engagerait dans le bon ordre les démarches pour les obsèques. Elle ne voulait ni voir sa mine faussement défaite ni évoquer d'aucune façon avec lui la vie de la défunte.

Juliette était bouleversée à un point que Thierry ne pouvait pas comprendre, car il n'avait jamais mesuré combien elle était attachée à sa mère.

La dernière fois qu'elle l'avait vue, trois semaines plus tôt, elle l'avait enlacée à plusieurs reprises, s'allongeant presque à côté d'elle dans son lit. Elle avait évité de la serrer trop fort, car Jeanne Harlay était fragile: une sorte de fagot d'os très minces. Elle venait d'atteindre l'âge de soixante-dix-sept ans mais, très amaigrie, dégarnie au sommet de la tête, elle en paraissait dix de plus. Elle occupait depuis peu une chambre au rez-de-chaussée d'une maison de retraite où son mari, Luc-Émile, d'entente avec Juliette, leur unique enfant, avait été contraint de la placer depuis qu'elle était devenue trop faible pour se maintenir debout sans appuis.

Les ambulanciers, régulièrement appelés à l'aide quand elle tombait chez elle, avaient fait entendre au vieux couple que le recours aux urgences ne pouvait être qu'une solution exceptionnelle. L'avant-dernière fois que Jeanne avait été emmenée à l'hôpital après une chute, on l'avait accueillie en pneumologie, le seul service qui pouvait lui offrir un lit. Elle y avait stagné quinze jours sous perfusion avant de recevoir en gériatrie des soins plus adaptés. Ensuite, avant de pouvoir retrouver son domicile, elle s'était reposée un mois dans une maison de convalescence qui sentait fort la cire d'abeille et la poudre de riz. Mais, après sa dernière chute, elle avait été conduite directement de l'hôpital à la maison de retraite, sans pouvoir passer par son domicile ni protester. Elle voulait croire qu'elle pourrait bientôt rentrer chez elle et refusa jusqu'au bout qu'on retire des objets de son appartement pour en décorer sa nouvelle chambre.

À l'occasion de sa dernière visite à sa mère, Juliette lui avait apporté quelques culottes neuves et Jeanne lui avait reproché de les avoir choisies blanches : « J'aurais préféré des noires, c'est ton père qui les passe à la machine et il pensera pas à les faire bouillir. Avec lui, le blanc devient gris. » Elle avait ce genre de préoccupations, qui tantôt agaçaient Juliette, tantôt l'amusaient, mais dont ses proches aimaient penser qu'elles étaient celles d'une femme qui vivrait encore longtemps.

Avant de la quitter, Juliette avait embrassé sa mère avec une ferveur dont elle ne se serait pas crue capable en entrant dans la chambre. La vieille dame exhalait le parfum douceâtre de pommes mises en réserve pendant l'hiver à la cave et ses mains, douces et glacées comme du papier de boucherie paraffiné, fondaient dans les siennes.

5

Sans clé, ni argent, ni téléphone, Juliette était restée deux heures au bas de l'immeuble de Marion, à attendre qu'un résident en ouvrît la porte. La pluie s'était mise à tomber dru quelques minutes après que le taxi antillais eut disparu dans la rue Vaugelas. C'était une averse d'été qui ruisselait en abondance sur le capot des voitures, cinglait les avant-toits des boutiques et bouillonnait dans les caniveaux. Juliette s'en était protégée sous le porche étroit de Marion, adossée à la porte palière en bois, genoux serrés, dos creusé, et les mains plaquées sur sa jupe courte. En rage contre sa propre étourderie, elle avait d'abord failli fondre en larmes mais s'était vite reprise en respirant à fond. Les trombes d'eau détachaient de la chaussée une âcre odeur de poussière et, se précipitant dans les égouts, y remuaient un remugle de merde et de détergents. Loin de la dégoûter, ces fortes exhalaisons soutenaient Juliette, la gardaient debout. L'odorat gouvernait sa vie sensorielle; rien ou presque ne lui donnait autant le sentiment d'être vivante et l'appétit de le rester que de puissantes fragrances. Cela avait toujours été le cas, surtout dans l'enfance, quand elle se promenait à l'automne dans la forêt natale de son père et qu'elle enfonçait ses bottes dans la pâte végétale de Sologne, où pourrissaient les bogues de châtaignes et les ossements de petits rongeurs.

À l'abri sous le porche, son esprit divaguait, la transportant sous la ramée des trembles et des bouleaux où, courbée comme un poseur de collets, elle marchait en humant le sol. Puis elle se rêvait dans la cuisine de la maison familiale près de Lamotte-Beuvron, en train de vider les cendres du poêle à bois, quand tout à coup ses parents y pénétraient avec l'odeur enivrante des paquets de feuilles écrasées sous leurs chaussures.

Enfin, vers cinq heures du matin, après deux longues heures d'attente dans la rue Lacretelle, elle vit s'approcher un jeune homme qui, le pas sinueux, paraissait revenir d'une fête fatigante. Il effleura le digicode et entra dans l'immeuble de Marion sans un regard pour Juliette.

Elle s'engouffra derrière lui dans le hall, gravit cinq étages et sonna plusieurs fois à la porte de son amie avant que celle-ci ne vînt lui ouvrir. Marion émergeait d'un songe où un homme lui massait les pieds en la regardant tendrement dans les yeux, et elle flottait encore dans un état de bien-être qui lui semblait pouvoir durer long-temps. Elle n'eut pas l'air surprise de trouver Juliette essoufflée sur son palier, sans sac à la main ni veste sur le dos.

– Je faisais un rêve sympa, fit-elle d'une voix chaude, mais entre, fallait bien que ça se termine… Tout à l'heure, c'est l'orage qui m'a réveillée. Je préfère que ce soit toi maintenant.

– Désolée, Marion.

– Qu'est-ce qui se passe, tu t'es disputée avec ton Thierry ?

La prenant par la main, elle accompagna son amie vers le canapé de sa petite salle de séjour. Il était couvert de plusieurs coussins rebondis, qui ressemblaient à des oursons blancs pelotonnés les uns contre les autres.

– Même pas, fit Juliette, je l'ai quitté en douce et j'ai nulle part où aller.

Le visage de Marion restait détendu. La nou-velle ne l'alarmait visiblement pas.

– Oh, tu as bien fait.

– De le quitter ?

– De venir. Je t'ai toujours dit que tu serais ici chez toi au cas où…

Juliette sourit, renversa légèrement la tête en arrière et se mit à bâiller en étirant les bras. Elle était ivre des senteurs de fin d'averse qui s'étaient infiltrées dans l'appartement.

– Tu m'as l'air bien fatiguée. On discutera plus tard, proposa Marion. Prends une douche et va te coucher. Les draps sont propres dans la chambre d'amis… T'as pas ton sac ?

– Non, c'est idiot, je suis venue en taxi et je l'ai oublié sur la banquette. J'étais fatiguée et j'avais la tête ailleurs.

Pleinement revenue à la réalité, Marion observa son amie tandis qu'elle poussait un nouveau bâillement, encore plus profond que le précédent. Comme toujours, elle trouvait ravissants ses yeux bruns en amande, ses taches de son sur le nez et l'incisive ébréchée qui lui donnait un sourire désarmant. Elle avait toujours éprouvé pour Juliette un sentiment mêlé d'admiration, de jalousie et d'affection. Son amie tour à tour la ravissait et l'irritait. Elle la détestait presque quand elle l'avait attendue à une terrasse de café et la voyait approcher, toujours en retard, sans songer à s'en excuser, le corps nerveux et vibrant. Elle aurait préféré être comme elle : d'assez petite taille mais ardente, une femme plutôt sûre d'elle à qui rien de très fâcheux ne semblait pouvoir arriver.

Marion remit à son amie un kit de toilette qu'elle avait trouvé dans sa cabine lors d'un voyage en train de nuit et des mules en tissu éponge qui lui avaient été fournies lors d'un week-end de thalasso. Puis elle retourna dormir dans sa chambre.

Quand Juliette se réveilla vers onze heures, une pluie fine argentée éclairait sa fenêtre. Étrangement douce, sa première pensée fut pour sa mère. Elle songeait qu'il faudrait très bientôt déposer son poids de brindille dans un cercueil en chêne. Elle ne savait pas encore par quels gestes, précautionneux d'un proche ou précis d'un professionnel, son corps serait étendu sur la planche du fond, mais elle était certaine que ce serait pour elle, sa fille aimante, le moment le plus douloureux des adieux.

Pour ne pas risquer de réveiller son amie, Marion avait passé la matinée à lire des magazines dans son lit plutôt que de s'affairer dans l'appartement. Quand Juliette fut levée, elle la rejoignit dans la cuisine et l'interrogea aussitôt sur sa rupture avec Thierry.

– Mais dis-moi, tu étais bien à Malte avec lui ?
– Oui, jusque hier.
– Tu l'as lâché là-bas ?
– Non, au retour.
– En rentrant chez vous ?

– Juste avant… à l'aéroport.

– À l'aéroport ?

– Oui, je l'ai laissé aux tapis.

– Tu l'as laissé au tapis…

– Aux tapis roulants.

– Une engueulade ?

– Non, je t'ai déjà dit que non. On peut rompre sans drame, tu sais. Il suffit que l'un des deux amants soit assez tranchant pour briser le lien… En fait, j'ai appris la mort de maman par un coup de fil de mon père, c'était deux jours avant le retour, on était à l'hôtel. Je n'avais aucune envie d'annoncer la nouvelle à Thierry, aucune envie de savoir comment il réagirait, et encore moins l'intention de le traîner avec moi ces prochains jours et qu'il me propose de m'accompagner pour la cérémonie et tout le tralala funèbre.

Juliette s'asphyxiait tant elle parlait vite. Elle venait d'apprendre à Marion la mort de sa mère, mais elle se comportait comme si son amie ne pouvait en être ni surprise ni peinée. Elle était incapable de noter sa confusion. Interloquée, Marion ne s'avisait pas de l'interrompre.

– J'irai voir mon père tout à l'heure pour tout organiser, poursuivit Juliette en tâchant de se calmer. Merci pour ton hospitalité. Tu comprends, cette nuit, je ne voulais pas dormir avec

Thierry en pensant à ma mère. J'ai compris que perdre Thierry n'était rien à côté de la perdre, elle, et j'ai agi en conséquence.

– Tu as agi, oui, pour ça je te fais confiance, tu as agi vite. Mais as-tu un peu réfléchi ?

– Je me suis bernée pendant quatre ans, ça suffit comme ça.

Marion hochait machinalement la tête. Son visage avait pris une expression de gravité douloureuse ; son amie ne pensait pas à l'associer à son chagrin et cela la blessait. Depuis l'enfance, elle était la confidente de Juliette et, d'une certaine façon, la fille adoptive de Jeanne et Luc-Émile. Entre onze et seize ans, elle avait passé au sein de la famille Harlay, dans leur résidence secondaire près de Lamotte-Beuvron, une grande partie de ses vacances d'été. Elle adorait les parents de Juliette, qu'elle avait toujours connus complices l'un de l'autre, d'une humeur égale et joyeuse. Ils lui apportaient une sérénité devenue rare dans son propre foyer, où ses parents trop souvent se disputaient pour des vétilles. À dix-huit ans, Marion ne comptait plus non plus les nuits passées dans l'appartement parisien des Harlay, au prétexte qu'elle devait préparer le soir avec Juliette un devoir scolaire ou l'accompagner quelque part tôt le lendemain. Certes, elle voyait moins les parents de son amie depuis quelques années, mais elle leur conservait la même affection, elle pensait toujours à eux avec tendresse.

Elle souffrait déjà de la perte de Jeanne et se demandait qui l'en consolerait si Juliette elle-même ne songeait pas à le faire.

Troisième partie

1

Une odeur douceâtre d'humus mêlé de gra-
vier s'élevait du sol. Un vent tiède et mou la
répandait sous le feuillage des platanes et des
marronniers d'Inde. Juliette et Marion avaient
choisi cet après-midi-là le jardin du Luxembourg pour se promener en discutant.

Marion raconta le long week-end de mai
qu'elle avait récemment passé à Budapest, sans
beaucoup sortir de l'hôtel ou des thermes Gellért.
Elle avait pris plusieurs bains sans jamais attirer
le regard des hommes, et ses repas sans que personne ne lui propose sa compagnie. Elle avait su
dès le premier soir qu'elle garderait un piètre
souvenir de la capitale hongroise et qu'elle n'y
retournerait plus. Mais cela ne la découragerait
pas de voyager. Elle comptait la fois suivante
s'envoler vers un pays balte. Elle se voyait

bien claironner un beau lundi au bureau, dans l'agence d'événementiel qui utilisait ses compétences de média-planneur, qu'elle revenait tout juste de Lettonie. Elle formait avec trois collègues un petit club de lecture de polars et elle se souvenait qu'elles avaient toutes lu *Les Chiens de Riga* d'Henning Mankell. Cela épaterait les copines d'apprendre que Marion avait osé arpenter la capitale lettone, tant le roman du Suédois la décrivait comme un endroit hostile aux visiteurs.

Juliette, qui ne lisait volontiers que *Marie-Claire*, les classiques russes et français du XIXe siècle et des brochures techniques de sécurité incendie, écoutait Marion distraitement. Elle observait les enfants qui plongeaient les bras dans l'eau fraîche du grand bassin, comme s'ils voulaient attirer vers eux les voiliers miniatures : les seuls bateaux qui n'étaient pas télécommandés. Si elle devait plus tard élever un môme, pensa-t-elle, elle ne lui offrirait jamais de jouet motorisé. Elle méprisait les parents qui abîmaient la poésie de l'enfance avec des engins pareils. Elle déplorait que certaines femmes, qui méritaient sûrement moins qu'elle d'être mères (mais qui pourtant l'étaient), puissent aussi facilement céder aux caprices de leurs rejetons. Elle se faisait ces réflexions amères quand elle remarqua un petit garçon assis sur le rebord du grand bassin. Le dos voûté, les poings crispés sur les genoux, il pleurait en silence.

Rien ne pouvait davantage émouvoir Juliette que la détresse d'un enfant, à condition toutefois qu'elle ne s'exprimât pas par des cris aigus. Elle s'approcha du gamin et, lisant sur son haut de survêtement l'inscription AMIENS MÉTROPOLE, elle supposa qu'il était un petit provincial qui venait d'échapper à la surveillance de ses parents et qui s'était égaré dans la grande cité.

– T'es perdu, petit ?

Le gamin lui lança un regard méfiant mais lui répondit, avec des hoquets d'angoisse dans la voix :

– Mon papa… il était là… Il est plus là.

– T'es venu avec lui au parc ?

– C'est pas un parc, c'est le jardin du Nussembour.

– Ta mère était avec vous ?

– Non, j'étais avec papa.

Elle lui demanda depuis quand il l'avait perdu de vue. « Longtemps », dit-il avec de l'irritation dans la voix, comme s'il accusait Juliette et non son père de l'avoir abandonné.

– Tu veux dire ce matin ?

– Je sais pas, après le petit-déjeuner, et puis après le poney.

– T'as fait du poney et quand t'as arrêté, tu voyais plus ton papa ?

75

– Oui.

– Il t'a dit de l'attendre ?

– Il voulait m'acheter une gaufre mais je voulais pas, j'avais mal au ventre, et j'ai encore mal au ventre.

– Tu t'appelles comment ?

– Thomas.

– Thomas comment ?

– Jackowiak.

– D'accord, Thomas. On va attendre avec toi encore un petit moment que ton papa revienne. Et si on le voit pas arriver, t'inquiète pas, on te reconduira chez ta mère. T'as une maman ?

– Pourquoi j'en aurais pas ?

Sur la défensive, l'enfant reprenait cependant courage, sa voix redevenait ferme. Juliette préférait ça.

– Et t'habites où ?

– À Amiens.

– Oui, bien sûr.

Thomas la dévisagea avec une méfiance redoublée. Ses yeux verts s'étaient assombris.

– C'est écrit sur toi : Amiens, tu vois, c'est écrit, fit Juliette en tirant un peu sur son survêtement.

Thomas baissa le menton pour regarder l'inscription, qu'il ne savait manifestement pas déchiffrer.

Juliette observait le garçonnet comme si elle l'avait déjà rencontré quelque part, dans une fête d'enfants où l'on n'aurait remarqué que lui. Il lui plaisait, d'autant plus qu'il avait tout à fait cessé de pleurer. Ses yeux encore humides s'étaient mis à suivre lentement le balancement des branchages dans le vent. *Papa va revenir, papa va pas revenir*, se disait-il en rythme. Il avait souvent vu son père indécis et il l'imaginait en train, en ce moment précis, d'hésiter entre l'abandonner tout à fait et revenir le récupérer. Avec lui, tout pouvait arriver. Après tout, il l'avait emmené loin d'Amiens sans prévenir et, à l'hôtel, il lui avait permis de partager son lit alors que Thomas ne se rappelait pas y avoir jamais été autorisé à la maison.

Juliette regrettait sa promesse d'emmener l'enfant chez sa mère si le père ne se montrait pas. Franchement, elle n'avait aucune envie de rencontrer l'un ou l'autre de ses parents. Elle préférait que la police les convoque et les sermonne.

Elle fit promettre à Thomas de rester attendre son père là où il était et de ne suivre personne d'autre, tandis qu'elle continuerait un peu sa promenade avec Marion.

– Nous repasserons dans un quart d'heure et si ton père n'est pas revenu, nous t'emmènerons. C'est d'accord ?

L'enfant haussa imperceptiblement les épaules et, empoignant sur le ventre le tissu de son survêtement, il se remit à suivre le balancement des branches.

Une heure plus tard, après avoir offert à Thomas un nouveau tour de poney, les deux amies se dirigèrent avec lui vers le commissariat du VIe arrondissement. Le petit garçon traîna les pieds puis, levant les yeux vers les feuillages, il remarqua que le vent ne les berçait plus. Il lui parut alors que plus rien n'était intéressant dans ce jardin et, après avoir récupéré d'un geste décidé son sac à dos posé sur un banc et ramassé un marron d'Inde qui brillait sur le sol, il se mit à suivre d'un bon pas les deux jeunes femmes.

Juliette n'avait pas osé lui avouer qu'elle allait finalement le confier aux policiers et Thomas se laissait guider sans poser de questions. Elle se dirigeait à contrecœur vers le commissariat de la rue Bonaparte quand elle découvrit une alerte info qui venait de tomber sur son smartphone (elle s'était empressée d'en acheter un pour remplacer celui oublié dans le taxi). Ralentissant le pas au carrefour de l'Odéon, elle prit d'abord distraitement connaissance du message. Elle avait l'habitude de consulter ses SMS dès qu'ils lui parvenaient, car ce pouvait être un appel à l'aide de son père ou bien l'un ou l'autre des clients fidèles à qui elle avait donné son nouveau numéro. Aucun message en revanche n'arriverait plus du téléphone de sa mère, dont elle s'était résolue, le ventre serré, à supprimer le contact quinze jours après son décès.

Cette alerte faisait référence à une autre, reçue la veille, qui rapportait un accident mortel sur l'A16 et à laquelle Juliette n'avait alors porté aucune attention. En soi, un tel fait ne méritait pas de devenir une information nationale, mais il l'était devenu parce que les recherches pour retrouver le mari de la victime étaient restées mystérieusement vaines. Constatant le décès d'Élisabeth Jackowiak en bordure de l'A16, les gendarmes avaient aussitôt cherché à en aviser son époux. Sans réponse de l'homme à leurs appels répétés, ils avaient tenté d'obtenir des renseignements auprès de son employeur du Coliseum, de ses voisins du quartier Saint-Leu, de sa mère retirée au Crotoy, de son conseiller financier d'HSBC, de son médecin référent et aussi de rares contacts de la famille. Mais sans succès. Ils ne disposaient encore d'aucune piste quand la directrice de l'école Pauline-Kergomard, à qui ils avaient négligé de s'adresser, leur signala qu'elle l'avait vu, après les cours, emmener son fils en voiture peu avant l'arrivée de sa femme, haletante, et stupéfaite qu'ils ne l'aient pas attendue.

L'alerte continuait de raconter une histoire. Son rédacteur, tout en restant factuel, lui donnait un tour dramatique qui entretenait le suspense.

L'époux d'Élisabeth Jackowiak
retrouvé asphyxié dans sa voiture
en forêt de Compiègne. Aucune
nouvelle de l'enfant du couple,
Thomas, âgé de 6 ans.

Juliette avait commencé de parcourir le message avec détachement mais, après que le prénom Thomas lui eut sauté aux yeux, elle le relut comme si elle y concentrait un rayon laser. Son cerveau enregistrait les données à toute vitesse :

Jackowiak : un patronyme qui lui disait quelque chose.

Thomas : le prénom du gamin perdu dans le jardin.

6 ans : apparemment son âge.

Aucune nouvelle de l'enfant : aucune nouvelle non plus du père de Thomas.

Elle regarda le petit garçon qui, jusque-là, l'avait suivie sans broncher et qui, sans laisser échapper un seul mot, réglait docilement son pas sur le sien. Elle se pencha vers lui et l'interrogea, en cherchant à masquer son trouble:

– Comment t'as dit que tu t'appelais, mon p'tit bonhomme?

– Thomas.

– Oui, je sais, mais Thomas comment?

– Jackowiak.

– Et tes parents, ils s'appellent comment?

– Ben, Jackowiak.

– Oui, bien sûr, je veux dire: leurs prénoms, leurs petits noms, c'est comment?

– Papa c'est Renan et maman c'est Lizbeth.

La première réaction de Juliette fut d'accélérer le pas jusqu'au commissariat. Cette journée qui s'était d'abord annoncée banale et tranquille promettait tout à coup d'être stimulante. Juliette en oubliait la compagnie de Marion qui, quoi qu'il en fût, ne semblait pas vouloir prendre part à la suite des événements.

Comme Thomas refusait de lui donner la main, Juliette lui demanda de marcher devant elle pour mieux pouvoir le surveiller. Elle avait l'intention de l'emmener au commissariat et d'y rester un peu avec lui pour le réconforter, autant qu'elle le pourrait, en attendant qu'un proche vînt le récupérer. Bien que confusément, elle pensait pouvoir être fière de jouer ce rôle. Elle avait compris que les parents de Thomas étaient morts dans leur voiture respective : la mère par accident et le père sans qu'elle sût encore dans quelles circonstances exactes. Mais le gosse était lui sain et sauf. On lui donnerait un épais sandwich quand il aurait à nouveau faim et on l'enverrait sans doute chez ses grands-parents, qui s'occuperaient de lui au mieux et seraient assez délicats pour lui apprendre plus tard le décès de ses père et mère, quand il serait devenu impossible de continuer à le lui cacher.

Juliette gambergeait dans l'urgence, en enchaînant les conjectures, quand ses pensées prirent soudain une direction radicalement opposée, enrayant la logique primaire qui était en train de la guider vers le commissariat. Peut-être le fait d'y déposer l'enfant serait-il pour lui la première étape d'un chemin inutilement douloureux ? Peut-être devait-elle donc y renoncer ? Peut-être les grands-parents de l'orphelin étaient-ils peu soucieux de leur petit-fils ou seraient-ils trop rudes avec lui ou, encore, n'étaient-ils plus de ce monde ? Une fois qu'elle aurait abandonné le gamin au commissariat, rien ne pourrait plus lui garantir que la disparition de ses parents lui serait annoncée avec tact. N'était-ce pas lâche de ne pas s'en inquiéter ?

2

Thomas marchait devant elle sans faire d'histoires, tête baissée comme un pénitent. Il balançait les bras sans remuer les épaules. Il ne pensait pas spécialement à ses parents. Juliette le regardait, attendrie, sans s'étonner qu'il lui ait fait assez confiance pour quitter le parc avec elle et Marion. Elle savait qu'il suffit à un enfant d'avoir échangé une ou deux fois quelques paroles avec un adulte pour que celui-ci cesse d'être un inconnu à ses yeux.

Soudain, puisant son énergie dans la promptitude de sa décision, Juliette se porta à la hauteur du môme, le prit par le bras et l'entraîna avec détermination vers l'escalier de la station de métro Mabillon.

– Qu'est-ce que tu fabriques ? s'écria Marion qui trottinait derrière elle.

Le vent s'était à nouveau levé et une bourrasque venait de plaquer ses cheveux sur son visage, le drapant d'un voile frissonnant.

– On rentre.

– Chez moi ?

– Oui, où veux-tu que… ?

– Avec… ?

– Oui, on l'emmène !

– Qu'est-ce qui te prend ?

– S'il te plaît…, fit plus aimablement Juliette en murmurant à son oreille.

Puis elle lui montra l'alerte.

– T'as pas compris ?

– Non, pas tout, répondit Marion en haussant les sourcils.

– C'est les parents du gosse qui sont morts.

– Tous les deux ?

– Oui, la mère hier dans un accident de la route et le père aujourd'hui, asphyxié.

– C'est pas croyable.

– Le petit ne sait rien.

– Merde.

– Faut pas que ce soit les flics qui le lui apprennent, tu comprends ?

– Ah bon… Et tu comptes le faire à leur place ?

Arrivé sur le quai, Thomas, fatigué par la marche, s'installa dans un siège coquille. Il faisait machinalement tourner dans sa main le marron d'Inde, en regardant hébété les deux jeunes femmes qui poursuivaient leur conversation à l'écart. Juliette lui inspirait confiance. Avec son jean clair et ses cheveux bruns coupés court, elle lui faisait un peu penser à sa mère. Elle était plus petite mais semblait tout aussi énergique.

– Ça vaudrait peut-être mieux, dit Juliette d'une voix mate, le regard momentanément perdu.

– Il ne vaudrait pas mieux plutôt que ce soit un proche ?

– Pas forcément, bredouilla Juliette. Je veux d'abord me renseigner...

– Sur quoi ?

À présent, Juliette rougissait en se balançant sur ses talons. Les néons de la station lui blessaient les yeux. Une main en visière sur son front, elle scrutait le tunnel, guettant anxieusement les phares de la prochaine rame.

– Sur son entourage...

– Pour... ?

– Ah mais, s'agaça Juliette, pour m'assurer qu'ils seront à la hauteur, qu'ils sauront limiter les dégâts pour le gamin.

– Et pour ça, tu veux d'abord le leur retirer ? Parce que tu sais mieux qu'eux ce qui est dans l'intérêt de ce môme ?

Le cerveau de Juliette bouillonnait, elle se souvenait d'avoir vu un reportage dans lequel un journaliste abordait des enfants isolés dans un parc pour leur demander de l'aider à retrouver son chien. Le test montrait que les trois quarts des gamins suivaient l'inconnu après moins de deux minutes de contact. Juliette ne se sentait pour autant coupable de rien, ses intentions étaient encore imprécises mais assurément louables. Elle n'avait pas contraint Thomas à la suivre ni usé de ruses pour l'y décider, elle ne lui avait pas offert un second tour de poney pour l'amadouer mais pour donner à son père le temps de réapparaître.

– Hein, répéta Marion, tu sais mieux qu'eux ce qui est bon pour ce môme ?

– Je veux juste ne rien avoir à me reprocher, s'exclama Juliette, ni maintenant ni plus tard. De toute façon, il n'y a vraiment pas d'urgence à annoncer au gosse le malheur qui vient de le frapper, plaida-t-elle, s'étonnant elle-même de donner un fondement logique à la folle initiative qu'elle était en train de prendre. Il vaut mieux qu'il l'apprenne un peu plus tard, tu crois pas ?

– C'est insensé, Juliette !

– Et alors ? J'en crève, moi, d'être toujours raisonnable. Et d'ailleurs, toi aussi Marion, tu devrais arrêter de l'être une fois dans ta vie… En tout cas, il faut que ce gosse rate les obsèques.

– Ce n'est pas à toi de décider de ça, voyons.

La main en visière tremblait. Juliette leva l'autre et la laissa un temps suspendue, comme si Marion venait de perturber ses pensées, forcément plus profondes que tout ce qu'on voulait lui faire entendre.

– Et il les ratera, insista-t-elle, soit parce que je ne l'aurai pas rendu à sa famille, soit parce que la famille aura eu la bonne idée de lui épargner ça. Or la première option me paraît plus sûre.

– Je trouve quand même que tu prends des décisions drôlement radicales ces derniers temps, reprit Marion avec énergie. T'es pas un peu dérangée ?

– Quoi ? fit Juliette avec un haut-le-corps.

– Rien : il y a quelques jours, tu larguais sans préavis à Roissy un homme qui partageait ta vie depuis quatre ans, et aujourd'hui tu veux enlever un môme que tu ne connaissais pas il y a seulement deux heures.

– Je ne l'enlève pas, je le protège, corrigea Juliette d'un ton rassurant qui avait surtout pour objet de la tranquilliser elle-même.

Elle était redevenue calme, mais Marion n'y voyait qu'une pause dans ce qui lui apparaissait comme une crise d'hystérie.

– Je voudrais réfléchir au moyen de lui épargner un choc trop brutal, poursuivit Juliette en fixant la rame qui pénétrait dans la station. Je ne fais pas confiance aux flics pour régler ce genre de problème, d'ailleurs, on leur en demande trop, aux flics.

– Sauf que ça ressemble à un rapt. Excuse-moi de te dire ça, Juliette, mais ce serait un rapt !

– Tu dis n'importe quoi. Écoute, Marion, disons que c'est moi qui ai trouvé ce gamin et que je serai seule responsable. Allons chez toi le temps que je me retourne.

– Excuse-moi d'insister, ma belle, ce serait un enlèvement... un enlèvement commis par une femme en manque d'enfant.

Marion se mordit les lèvres, signe qu'elle regrettait ce qu'elle venait de dire. Elle savait que son amie souffrait de ne pas avoir encore d'enfant à son âge et qu'elle refusait d'aborder ce sujet avec elle ou quiconque. Elle était au courant de la stérilité de Thierry et s'était convaincue que c'était la raison principale qui avait poussé Juliette à rompre avec lui. Elle la plaignait de céder à ce point à la tyrannie de son désir d'enfant, car elle était quant à elle davantage à la recherche d'un compagnon que d'un géniteur.

Devenue blême, Juliette serrait les poings.

– Marion, tout ce que je te demande, c'est de nous héberger au moins cette nuit... J'ai demandé le remplacement de ma carte bancaire, je te rembourserai vite ce que tu m'as avancé quand j'ai perdu mon sac et je partirai demain.

Elle parlait sur un rythme égal et lent, comme si elle se dictait la marche à suivre. Comme si, face à la situation qu'elle venait de créer, une procédure s'imposait qu'il eût été vain de discuter.

– S'il le faut, continua-t-elle à expliquer, je dormirai à l'hôtel avec le môme, le temps d'y voir clair. Je peux travailler depuis ma chambre, comme tu sais, et je trouverai bien comment occuper le gamin.

La rame ferraillant dans la station fit tressaillir Juliette. Les deux jeunes femmes et Thomas s'y engouffrèrent et s'assirent sur trois strapontins sans dire un mot. Ravi de voyager en métro pour la première fois de sa vie, l'enfant balançait les jambes d'avant en arrière tout en empoignant fermement les bords de son siège. Il avait enfoui le marron d'Inde dans son sac à dos et n'avait plus mal au ventre.

– On va chez maman ou chez la police ? fit soudain Thomas en élevant la voix.

Marion rougit, observant autour d'elle si la question éveillait la curiosité des passagers. Mais la rame était aux trois quarts vide et personne ne prêtait aucune attention au trio monté à Mabillon. La plupart des voyageurs avaient les yeux

rivés sur leur smartphone ou feuilletaient distraitement un journal gratuit.

– On va chez Marion, fit Juliette en désignant
son amie qui se pinçait les lèvres.

D'habitude, Juliette préférait circuler dans
Paris en bus ou en taxi, mais elle choisit cette
fois-ci le métro pour gagner plus rapidement
la rue Lacretelle. Jetant autour d'elle des regards
inquiets, elle agissait comme si elle avait voulu
semer des poursuivants menaçants. Marion
l'observait avec étonnement, décontenancée
comme elle avait déjà pu l'être quelquefois pendant leur adolescence chez les Harlay, quand
Juliette regimbait contre une remontrance de sa
mère ou parce que son père avait voulu lui cares-
ser les cheveux. Elle savait depuis longtemps
que le comportement de son amie pouvait être
déconcertant, mais cela dépassait maintenant tout
ce qu'elle avait connu.

3

Jusqu'à ce que le chauffeur qui avait conduit Juliette rue Lacretelle l'appelle, Thierry Mouquet avait hésité à déclarer la disparition de sa compagne à la police. Et maintenant que cet homme lui disait avoir pris en charge Juliette à la sortie de l'aéroport, il pensait avoir bien fait d'attendre.

Le taxi ne s'était aperçu que deux jours après la course que sa cliente avait oublié son sac sur la banquette. Il n'avait transporté personne après elle cette nuit-là. Il était rentré se coucher avec l'intention de démarrer le lendemain une grève carrée, content de ne devoir reprendre le volant et l'oreillette que quarante heures plus tard.

– Avant de vous appeler, raconta-t-il en s'appliquant à retracer les faits avec précision, je voulais contacter une personne qui habite rue

Lacretelle, dans le XVe, là où j'ai déposé ma passagère. Son nom figure dans un calepin qui était dans le sac, mais pas son numéro de téléphone. Le numéro est sûrement parmi les contacts du portable de Mlle Harlay, mais sans le code, je ne peux pas les consulter. La personne dont je vous parle s'appelle Marion... Vous connaissez ?

– Oui, Marion... bien sûr, mentit Thierry sans hésiter, tout en notant sur un papier : Marion, rue Lacretelle, XVe.

– Seulement, je me voyais pas enquêter dans tout l'immeuble pour la trouver et lui confier le sac. Hier, j'ai perdu une journée avec la grève, alors je dois me refaire, j'ai pas de temps à perdre, vous comprenez ?

– Bien sûr, je comprends. Une journée de revenus, c'est raide.

– Heureusement, il y a un Thierry qui a écrit un petit mot au début du calepin. C'est vous ?

– Un calepin en cuir rouge ?

– Oui.

– Avec un mot en première page pour la Saint-Valentin ?

– Euh... oui. Excusez-moi, je voulais pas être indiscret... j'ai juste cherché s'il y avait des Thierry dans les pages et j'ai trouvé votre numéro. Vous êtes son mari, son fiancé ?

– Son fiancé pour l'instant.

– Pardon, je vous pose la question parce que je veux être sûr de pas me tromper. Il n'y a rien qui ait vraiment de la valeur dans le sac, apparemment, mais quand même…

– Vous pouvez avoir confiance, fit Thierry d'une voix assurée, Juliette est bien ma compagne. Et je l'aurais même déjà demandée en mariage si elle n'était pas si tête en l'air, plaisanta-t-il pour donner à la conversation un tour plus détendu.

– Dans ce cas, donnez-lui mon numéro et dites-lui de m'appeler pour récupérer son sac.

– Oh, objecta Mouquet avec sang-froid, ce serait plus simple que je le récupère à sa place, si vous voulez bien. Elle est très occupée.

Il s'engagea dans un dédale d'explications, posément, de la même manière qu'il improvisait la plupart de ses interventions lors des comités de direction de Carboteknica. Il inventa que Juliette avait prévu de dormir chez Marion à son retour de voyage, car leur appartement était en travaux. Il y vivait seul temporairement, l'odeur de la colle à parquet ne l'incommodait pas.

– Marion a proposé d'héberger Juliette pour la durée du chantier. Elle est toujours partante pour rendre service, fit-il d'une voix émue, s'étonnant, technocrate et cérébral comme il l'était, de pouvoir créer de toutes pièces un être fictif. D'ailleurs, je ne l'ai toujours pas remerciée. Vous pouvez me rappeler le numéro de son immeuble ? Je lui ferai porter des fleurs, ou des macarons, je ne sais pas encore…

— Vous le trouverez dans le calepin quand je vous l'aurai rendu.

— J'aimerais lui envoyer ce petit présent dès ce matin, fit précipitamment Thierry, qui craignait de ne jamais récupérer le sac si Juliette contactait entre-temps la société du chauffeur de taxi.

— Oh, pas de problème, deux secondes et je la retrouve… Voilà : Marion Pacotte, 38, rue Lacretelle. Paris XVᵉ.

4

L'appartement de Marion donnait sur les courts du tennis-club de Vaugirard, aménagés de part et d'autre de la Petite Ceinture, une voie ferrée qui cerne la capitale mais que les trains ont désertée depuis les années quatre-vingt-dix. Fenêtres ouvertes, on entendait par intermittence les vociférations d'un professeur, le choc sourd des balles, l'ébrouement de corbeaux gras dans les feuillages et, non loin, le gong des tramways sur le boulevard Lefebvre.

Juliette était sortie seule depuis dix minutes quand Thierry sonna à la porte. Marion ne connaissait pas plus son visage qu'il ne connaissait le sien. Juliette ne lui avait jamais montré le portrait de son ami, non parce qu'elle aurait eu honte de lui en présenter le physique assez banal, mais parce qu'elle n'aimait ni prendre de photos ni en conserver. Elle ne regardait jamais celles qu'on lui offrait, que ce fût celles de son enfance ou d'autres plus récentes, car l'évocation du passé la rendait mélancolique. Elle éprouvait toujours de la tristesse à se voir en fillette sur les photos. Fillette et jamais mère.

Marion entrouvrit sa porte en laissant la chaînette de sécurité accrochée au chambranle. Elle avait drapé ses rondeurs dans un peignoir en polaire turquoise assorti à ses yeux et solidement noué sur son ventre deux cordons satinés. Tête penchée devant l'ouverture, elle dévisagea d'un œil son visiteur.

– Bonjour, marmonna celui-ci, je suis Thierry. L'ami de Juliette.

Après dix minutes de recherches dans l'immeuble, il venait de trouver la porte de Marion et s'en montrait content. Il se disait que son sourire franc inspirerait confiance.

– Ah, Thierry, oui…

– Je crois qu'elle est chez vous. Je la cherche un peu, je dois dire… J'ai son sac, fit-il en montrant l'objet.

– Oui ?

– J'ai l'impression qu'elle a voulu prendre un peu de distance avec moi. Si c'est le cas, je ne la critique pas, mais elle ne m'a pas prévenu, alors je m'inquiète pour elle.

– Ah bien, et qu'est-ce je peux faire pour vous ?

– Me laisser entrer, me laisser la voir si…

– Elle n'est pas ici.

– Elle est sortie ?

– Elle n'habite pas ici, dit Marion avec aplomb. Vous devriez le savoir si vous êtes son ami.

– Oui, je sais bien, elle vit avec moi normalement, mais elle s'est volatilisée à notre retour de vacances. Nous étions à Malte ensemble, et au retour à Roissy, elle a soudain disparu. C'est bête, j'attendais les bagages près des tapis roulants et…

– Je ne peux pas vous laisser entrer… Je ne suis pas visible, fit Marion en fermant d'une main pudique l'encolure de son peignoir. De toute façon, je n'ai pas eu de nouvelles de Juliette depuis qu'elle s'est envolée pour Malte avec vous, vraiment aucune nouvelle à part un SMS pour me dire qu'elle était bien arrivée là-bas.

– C'est étonnant, un chauffeur de taxi affirme l'avoir prise en charge à Roissy… et il l'aurait déposée dans votre rue.

– Oui, c'est bizarre, fit Marion en simulant la perplexité. Je ne lui connais pas d'autres amis que moi dans le quartier. Mais comment êtes-vous entré en contact avec le taxi ?

– Juliette a oublié son sac à main dans le véhicule et le taxi y a trouvé un agenda avec mon numéro.

Marion affecta de réfléchir.

– Ah, si elle a oublié son sac à main dans la voiture, je comprends mieux. Elle s'est sûrement retrouvée au bas de mon immeuble sans mon numéro de digicode ni ma clé et elle n'avait pas non plus son portable pour m'appeler, elle ne pouvait pas entrer et elle a fini par tourner les talons…

Elle s'interrompit pour prendre une grande respiration.

– C'est la seule explication, reprit-elle, car ça va faire dix jours que je n'ai plus de ses nouvelles.

– C'est sûrement ça, admit Thierry sans s'étonner que Marion ait pu aussi vite enchaîner ses hypothèses.

Il avait l'habitude, dans son milieu professionnel, de rencontrer des gens capables de produire à grande vitesse des suites logiques. La vivacité d'esprit était une qualité qui ne le surprenait plus depuis longtemps.

– J'espère qu'il ne lui est rien arrivé de grave, dit Marion d'un air inquiet.

– J'espère aussi. Je me demande bien où elle a pu aller…

Thierry n'avait pas prévu de renoncer aussi vite, mais il était mal à l'aise devant cette inconnue qui protégeait sa gorge de son regard. Il recula de quelques pas et manqua de peu de tomber dans l'escalier. Il se rétablit en se cramponnant à la rampe et avança de nouveau vers Marion en enfonçant une main dans une poche de sa veste.

– Quand vous la verrez, vous pourrez m'appeler ? Ou lui dire de le faire ? Je vous laisse ma carte…

Marion semblait disposée à converser encore un peu. Elle voulait convaincre Thierry qu'il lui serait inutile de revenir sonner à sa porte.

– D'accord, promit-elle, mais peut-être que je ne la reverrai pas. Il se peut qu'elle ait décidé de changer de vie en coupant tous les ponts derrière elle.

– Quelle drôle d'idée ! Vous la connaissez comme moi, vous n'imaginez pas…

– Elle fait peut-être partie des milliers de personnes qui disparaissent volontairement chaque année, conjectura Marion sur un ton détaché, en ouvrant plus grand la porte.

Thierry, qui n'en revenait toujours pas d'avoir perdu aussi soudainement la trace de Juliette, était curieux de toutes les thèses qui pourraient lui apporter un début d'explication. Il laissa Marion poursuivre.

– Ces gens-là ne cherchent pas forcément à semer la police ou des créanciers, ils ne cherchent pas toujours non plus à fuir une menace ou des violences, parfois ils s'en vont pour démarrer une nouvelle vie qui réponde mieux à leurs aspirations, et alors ils effacent toutes les traces derrière eux. Ils les effacent en même temps que tous leurs ennuis passés.

– En ce qui concerne Juliette, opposa Thierry sans grande conviction, je ne la crois pas capable de disparaître intentionnellement sans avertir personne.

– Bien sûr, dit Marion avec dureté, un homme n'est jamais prêt à croire que sa petite amie s'est délibérément évanouie dans la nature. Il préfère imaginer qu'elle a été envoûtée, abusée par une secte ou prostituée par un réseau, n'importe quoi plutôt que de penser qu'elle l'a radié de sa vie. Voyez-vous, Thierry, je suis son amie d'enfance et pourtant, je ne parierais pas qu'elle me tiendrait au courant si elle décidait un jour de disparaître.

– Et à supposer qu'elle ait pris cette décision, qu'est-ce que je pourrais faire selon vous pour la retrouver ?

– À peu près rien, je crois. On peut toujours demander aux flics d'entamer des recherches. Seulement, s'ils repèrent Juliette mais qu'elle refuse de vous communiquer son adresse, vous devrez vous contenter de la savoir en vie. La police ne vous dira rien de plus. Elle n'y est pas tenue et donc elle ne le fera pas.

– Je ne crois pas que Juliette ait voulu disparaître, ni qu'on l'ait enlevée, ni rien de pareil.

Promettez-moi de m'alerter quand elle reprendra contact avec vous.

Marion hocha la tête et rangea la carte de visite dans une poche de son peignoir. Les gros yeux bleus de Thierry ne lui plaisaient guère, mais comme Juliette la première fois qu'elle avait écouté Thierry au salon de Villepinte, elle avait été sensible à sa manière posée de s'exprimer et au charme légèrement suranné de ses civilités.

Pendant ce temps, Thomas était resté posté à la fenêtre de la cuisine d'où il suivait une séance d'entraînement de tennis, mais il ne trouvait pas ça très amusant, en tout cas moins qu'un match à la télé. Il tirait de temps en temps la langue au professeur qui ne cessait de houspiller ses petits élèves, bien assuré que celui-ci ne pourrait pas le remarquer. Il n'avait entendu ni Thierry sonner ni rien de sa conversation avec Marion. Lassé du spectacle du club de tennis, il voulut récupérer la console de jeux que lui avait achetée Juliette et qu'il avait laissée sur le canapé. Sortant de la cuisine par le vestibule, il observa Marion qui prenait congé de son visiteur, crut un instant percevoir la voix de son père et se précipita pour se jeter dans ses bras.

Quand Thierry vit l'enfant s'arrêter net devant lui, le visage crispé par la déception, il lui sourit d'un air désolé. Il se dit qu'il devait cesser de perturber Marion et cet enfant dont elle devait être la mère. La jeune femme, au même moment, se hâta de refermer la porte après un dernier mot de politesse. Ensuite, se tournant vers Thomas, elle lui demanda s'il voulait jouer, dessiner, regarder la télé ou manger une glace. Mais, envahi par la tristesse, le petit garçon ne l'écoutait pas. Il entrouvrit ses lèvres tremblantes et, avant que Marion ne le vît ou parler ou pleurer, il déguerpit vers la chambre.

5

Juliette découvrit sur le site internet de *La Voix du Nord*, le journal qui donnait le plus de détails sur la disparition des trois Jackowiak, que personne dans cette famille ne s'apprêtait à recueillir l'orphelin. Élisabeth était fille unique et ses parents s'étaient noyés stupidement quelques années plus tôt au large de Porquerolles, après que leur barque eut chaviré tandis qu'ils tentaient de secourir leur épagneul tombé à l'eau. Quant à la mère de Renan, prostrée dans sa maison de pêcheur du Crotoy, elle était pour l'heure davantage bouleversée par la fin tragique de son fils dans la forêt de Compiègne que soucieuse du devenir du petit Thomas.

Juliette voulait croire qu'elle pourrait élever l'enfant plus ou moins secrètement sans que personne ne s'en émeuve. Elle le fit savoir avec fermeté à Marion, qui avait finalement accepté de les héberger, elle et l'enfant, plus d'une nuit. Les deux amies s'étaient retirées dans la cuisine pour que Thomas ne puisse pas entendre leur conversation.

– Tu veux être condamnée pour enlèvement d'enfant ? fit Marion en reprenant le ton scandalisé qu'elle avait déjà employé à la station Mabillon.

– Ah ! tu recommences… De quel enlèvement tu parles ? À qui donc je l'enlèverais ce môme ? Il n'a plus de parents, le pauvre, et pour ainsi dire aucune famille…

– Il y aura bien un juge des tutelles qui sera désigné pour trouver une solution. C'est à des professionnels de prendre le gosse en charge, pas à toi. Il doit être placé dans une famille d'accueil par les services sociaux, avec un suivi psychologique, des contrôles réguliers…

– Arrête. Moi, ce que je crains pour le gosse, c'est qu'il soit incasable, et si c'est le cas, je crois pouvoir l'aider.

– Ça, incasable, il l'est sûrement devenu. Je ne vois pas quel adulte sensé voudrait adopter un enfant traumatisé à ce point.

– Tu exagères peut-être un peu, non ?

– Non, je n'imagine pas qui pourrait prétendre remplacer du jour au lendemain deux parents décédés dans des conditions aussi brutales. Et, excuse-moi, je ne crois pas que tu y réussirais mieux que d'autres. Si tu veux absolument te rendre utile, pourquoi tu ne proposes pas plutôt au Secours populaire d'accompagner des enfants défavorisés en vacances ?

– Oui, je pourrais aussi demander un agrément de nounou, parrainer des petits Malgaches ou m'impliquer dans le soutien scolaire bénévole...

– Et pourquoi pas ? Ce serait plus raisonnable que d'élever un garçon que tu ne pourras jamais inscrire à l'école. Il faut vraiment que tu réfléchisses dès maintenant à toutes les conséquences de ce que tu...

– Je réfléchis surtout à ce que pourrait subir ce gamin si je le remettais maintenant aux autorités, figure-toi.

– Vraiment ? Et qu'est-ce que tu comptes lui répondre, à ce petit, quand il te réclamera ses parents ? Il ne te demandera pas seulement de leurs nouvelles, tu sais, il exigera de les voir. Et alors, qu'est-ce que tu feras ? Tu lui diras qu'ils ont décidé de faire le tour du monde sans lui, pour retomber amoureux l'un de l'autre ? Ou bien tu lui liras la presse ? Tu lui montreras la bagnole du père en photo dans le journal, avec la police scientifique qui s'active dans la forêt ? Tu lui montreras celle de la mère avec les roues en l'air ? Tu lui diras que ça arrive tout le temps, des drames pareils, et qu'on ne grandit pas plus mal quand on a perdu ses parents tout petit ? Regarde-moi, Juliette. Tu te crois vraiment plus douée qu'un pédopsy pour affronter la souffrance de ce gosse ?

Juliette se taisait. Elle regardait son amie comme celle-ci le lui demandait, mais en restant réfractaire à chacun de ses arguments et à chacune de ses mises en garde. Elle étudiait ses traits crispés, qui marquaient un degré de désapprobation qu'elle ne lui avait jamais vu exprimer qu'en réaction à des actes inhumains diffusés à la télé. Marion lui apparaissait soudain disgracieuse. Ce n'était plus la bonne camarade, indulgente et exquisément complice, sur qui elle avait toujours pu se reposer. Elle avait, semblait-il, perdu la ductilité d'esprit que Juliette avait autrefois tant appréciée chez elle. Cette raideur la condamnait au célibat, se dit-elle, et le célibat à une infinie morosité.

– Écoute, fit Juliette avec un geste las, je garde le gosse pendant un mois ou deux, le temps que ce soit moins brutal pour lui d'apprendre la mort de ses parents. Et puis j'aviserai.

– Tu veux dire le temps qu'il s'attache un peu à toi, assez pour que tu lui manques et qu'il te réclame par la suite… Ça ne marchera jamais !

– Ce que tu peux être péremptoire, parfois !

Juliette avait hurlé, comme si elle réagissait à une persécution.

– Pourquoi tu ne chercherais pas plutôt à adopter un enfant par la voie légale ? proposa timidement Marion.

– C'est une voie sans fin, tout le monde sait ça, répondit Juliette avec un rire nerveux à contre-temps. Et comme célibataire, j'ai à peu près… aucune chance de réussir.

– Tu regrettes de t'être séparée de Thierry ?

– Je ne regrette pas mes décisions en général, répliqua Juliette sur un ton péremptoire.

Mais Marion s'obstinait.

– Parce que… il n'a pas l'air mal, finalement, ce mec.

– Tu l'as vu dix minutes dans un entrebâille-ment de porte et ça t'a suffi pour te faire une opi-nion ?

– En tout cas, ça m'a suffi pour noter qu'il tient à toi. Il n'est pas venu simplement pour te rendre ton sac !

Juliette prit un air pensif et s'humecta les lèvres. C'était toujours ce qu'elle faisait quand elle s'apprêtait à poser une question teintée d'anxiété.

– Et donc, tu crois qu'il pourrait revenir ici poser des questions ?

– Je lui ai affirmé que je n'avais plus de tes nouvelles. Il n'y a donc pas de raison qu'il revienne.

– Je doute beaucoup qu'il t'ait crue. Il a pu me décevoir sur certains plans, mais jamais parce qu'il s'était montré naïf. Le mieux est que je parte avec Thomas avant de le croiser dans l'escalier. Et puis, ça aura l'avantage de soulager ta conscience.

Gardant le silence, Marion se dirigea vers la bouilloire posée près d'une pile de boîtes de tisanes de toutes sortes et mit à chauffer de l'eau pour partager sans débat un thé avec Juliette. Elle ne retiendrait pas son amie. Peut-être même ne chercherait-elle pas d'autre contact avec elle tant qu'on pourrait la juger complice de ses agissements.

6

Ainsi que le titrait platement *Oise Hebdo*, le navigateur de bord de la Skoda venait de « livrer tous ses secrets ». L'expertise judiciaire révélait que Renan Jackowiak avait pris la direction du nord depuis Amiens, avant de rebrousser chemin puis de rallier Paris. Le véhicule avait circulé sur de grands axes de la capitale et longuement stationné à deux reprises, la première fois pour toute une nuit rue Grégoire-de-Tours, près du Best Western Grand Hotel de l'Univers, et la seconde à quelques rues du jardin du Luxembourg. Juliette, qui avait lu l'article sur le site du journal, en concluait que le père de Thomas était descendu jusqu'à Paris avec la solide intention de l'y abandonner. Il avait préféré le faire dans un parc élégant, au centre de la capitale, plutôt qu'au beau milieu des hortillonnages d'Amiens.

Il avait dû songer que son fils perdu attirerait l'attention bienveillante d'un gardien, d'un jardinier ou encore d'une bourgeoise du quartier.

Juliette avait quitté la rue Lacretelle et, assise sur le lit d'une chambre d'hôtel d'Aubervilliers, elle écoutait maintenant à la radio un débat d'experts sur l'affaire Jackowiak. L'animateur se disait impressionné par les moyens technologiques aujourd'hui disponibles pour reconstituer l'itinéraire d'un suspect, grâce au concours des constructeurs de GPS. Il expliquait avec une certaine excitation que ceux-ci étaient capables d'extraire d'un disque dur, selon une procédure interne confidentielle, toutes les données spatio-temporelles utiles à la police. Il paraissait satisfait de ce que les enquêteurs aient pu conclure, en examinant les données du navigateur intégré de la berline, qu'elle avait été garée devant le restaurant Polidor, dont il rappelait, bravant le hors-sujet, qu'il avait été longtemps le QG du Collège de Pataphysique. Il semblait, tant il était enthousiaste, tirer un bénéfice personnel de ce que la police ait pu réussir à reconstituer l'itinéraire du «fugitif», ainsi qu'il nommait Renan (qui pourtant n'avait pas récemment cherché à semer quiconque, à part sa femme devant l'école Pauline-Kergomard).

Juliette avait pris soin d'utiliser un casque pour écouter l'émission tandis que Thomas, assis sur la moquette, tentait de dessiner un poney, en commençant par les sabots. Le petit garçon y mettait une concentration forcenée qui lui faisait se mordiller tantôt les lèvres, tantôt le bout de la langue. Il s'énervait un peu car il ne réussissait pas à donner une taille identique aux jambes de l'animal.

Il ignorait que les gendarmes, au même moment, orientés vers la baie de Somme par le dernier SMS de Jackowiak à son épouse, y recherchaient activement son corps. Juliette était mieux informée : elle avait lu sur le site web du *Courrier picard* que des plongeurs employaient les grands moyens pour retrouver Thomas. Ils utilisaient une caméra subaquatique, un sonar et même les services d'un chien entraîné à capter les effluves chimiques exhalés par tout corps en dé-composition immergé jusqu'à douze mètres de profondeur. Elle ne voyait pas comment les dé-tromper sans se démasquer et, bien que les sa-chant heureusement vaines, elle suivait assidûment leurs recherches. L'esprit saturé d'informations, elle en venait presque à croire qu'elle avait sauvé Thomas de la noyade, qu'il lui devait la vie et qu'elle était tenue d'en rester responsable.

7

Un dernier hommage fut rendu à Renan Jackowiak en l'église Saint-Leu d'Amiens, dans le quartier où il avait vécu. La presse locale rapportait que deux policiers s'étaient postés à l'entrée pour décourager les curieux. Un panier de fleurs jaunes et orange avait été déposé au pied de l'autel par une petite délégation du Coliseum, mais personne ne vit jamais de cercueil pénétrer dans l'église. Selon une source proche des services municipaux, Jackowiak avait été incinéré la veille et son urne déposée dans un caveau du cimetière du Crotoy, debout sur la bière de son père. Personne n'avait osé défendre l'idée de l'inhumer à Amiens aux côtés de sa femme Élisabeth.

La mère de Renan avait délibérément manqué la crémation, mais elle était venue assister à l'ouverture du caveau. Elle était restée penchée au-dessus du trou maçonné, sidérée devant le cercueil remis à nu de son mari, dont le bois de deuxième choix avait commencé de noircir. Elle se souvenait distinctement du jour où elle avait réservé avec lui le caveau monobloc à deux places, et aussi du curieux moment où elle avait assisté à distance à l'enfouissement de l'unité de béton. Un engin d'une effrayante précision avait été utilisé à cet effet et elle avait observé, pétrifiée, ses mouvements mécaniques, comme s'il s'agissait d'un insecte vénusien venu sur la planète Terre pour accomplir cette seule besogne.

Elle était arrivée au bord du caveau peu après que son tampon de fermeture fut ôté, et repartie avant qu'on n'y descendît l'urne de son fils. Elle s'expliquait mal sa propre attitude. Elle ne soupçonnait pas une seule seconde son fils d'avoir tué Thomas et ce n'était donc pas pour ce motif qu'elle était restée en retrait. Sans doute avait-elle seulement voulu préserver le sentiment d'irréalité qu'elle avait éprouvé lorsque les gendarmes étaient venus lui annoncer le suicide de son fils et la disparition de son petit-fils. Ce n'était peut-être pas son Renan que l'on enterrait dans ce cimetière, à distance étudiée du poilu au drapeau ; et cela expliquait qu'elle ne reconnût personne parmi l'assistance rassemblée pour ces obsèques singulières.

8

Jusqu'à son licenciement pour faute, Thierry Mouquet travaillait assez peu, mais avec minutie, sur les dossiers de Carboteknica. Il en examinait les détails comme un philatéliste la dentelure d'un timbre. Il aimait s'isoler dans son bureau à Paris, place des Victoires, satisfait de ce que les divers services de la société coexistent dans la même bâtisse sans échanger grand-chose de leurs pratiques. Il maudissait les séminaires de travail à la campagne depuis que des consultants extérieurs au visage buté, mieux payés que lui, y célébraient le *benchmarking* interne. Ces rassemblements en « tenue décontractée » le privaient de la fierté d'arborer son insigne de l'ordre national du Mérite et il trouvait la plupart du temps une excuse pour ne pas y participer. Thierry ne se séparait pas volontiers de sa décoration. Il y attachait un prix démesurément élevé. Lorsqu'il portait un costume au pressing, il adorait étudier la réaction du teinturier détectant le ruban bleu, et ses gestes délicats pour poser le vêtement sur un cintre. Aussi ne laissait-il personne y aller à sa place. Et, pour le bonheur de renouveler cette gratifiante expérience, il ne confiait jamais deux fois le même habit au même artisan.

Homme décoré et flatté de l'être, parfaitement maître de lui-même, Thierry Mouquet se mettait rarement en colère. Il prônait l'entente cordiale et il était de ceux qui s'essuient, même par temps sec, les pieds sur le paillasson des halls d'entrée, pour complaire aux gardiens d'immeuble. Avide de reconnaissance pour lui-même, il n'en était pas avare envers ses subordonnés, qu'il soutenait vaille que vaille. Par principe, il prenait le parti d'un collaborateur quand il pouvait lui être reproché une erreur, et cherchait toujours le moyen de la corriger lui-même sans désavouer son auteur. Recevant dans son bureau l'employé fautif, il s'arrangeait pour lui donner le sentiment d'avoir trouvé seul une solution de rattrapage et, le félicitant pour son dévouement à l'entreprise, il le libérait en lui serrant fermement la main, comme s'il devait ne pas le revoir pendant une ou deux saisons.

La confiance qu'il accordait trop spontanément à ses collègues avait fini par mettre Mouquet en danger. Or, n'étant adhérent d'aucun syndicat, d'aucune amicale, pas même de celle des anciens élèves des Ponts et Chaussées, n'étant non plus frère d'aucune loge, affidé d'aucun parti ni d'aucune alliance, il était sans protections. Aussi personne ne vint-il lui proposer son aide quand, à la suite d'un incendie dans une discothèque, il fut inculpé pour délit de négligence. Installé par une équipe de Carboteknica, le système anti-feu de l'établissement n'avait pas fonctionné et Mouquet, garant légal de sa conformité aux normes de sécurité, avait vite été accusé d'un manque de rigueur dans l'inspection de la chaîne des services, entre l'usinage des équipements et leur pose dans la discothèque. Soucieux d'épargner au personnel des tensions supposées contre-productives, Thierry Mouquet avait toujours eu pour principe de ménager les chefs d'unité, quitte à trop leur laisser la bride sur le cou.

Apprenant que deux clients de la discothèque avaient de peu échappé à la mort par suffocation, il sut d'emblée qu'une enquête approfondie serait conduite pour établir les responsabilités et qu'il serait tenu pour fautif. Sans du tout paniquer, il s'interrogea sur le niveau de sanction encourue. Comme d'habitude, il analysa froidement les données disponibles, pour en conclure qu'il ne serait pas condamné par la justice mais sûrement congédié. Et ce fut bien ce qui se produisit. Lui signifiant par écrit son licenciement pour faute, le président de Carboteknica lui reprochait de ne pas avoir réussi le recentrage de l'entreprise sur son « *core business* », d'avoir négligé le développement des synergies nécessaires entre les sites de production et d'avoir manifesté une indifférence inexcusable aux divers *reportings* de ses collègues dirigeants. Il en voulait pour preuve ses absences aux séminaires de la firme. Blâmable, une telle conduite expliquait que des dysfonctionnements en cascade fussent survenus, aboutissant au sinistre de la discothèque.

Thierry Mouquet se sentit passablement humilié, mais vit assez vite dans cette malheureuse affaire l'occasion de donner à son existence une nouvelle direction. Il se prouverait à nouveau qu'il n'était pas homme à s'effondrer durant l'épreuve. Il avait encaissé le choc de sa stérilité et n'avait pas renoncé à Juliette depuis sa disparition. Il saurait bien rebondir une nouvelle fois.

Il résolut de quitter la société plus vite encore que ne l'exigeait son patron. Il renonça à se défendre et plia soudain bagage un midi, après avoir envoyé un mail d'adieu à ses collègues.

Alors qu'il avait toujours critiqué les envois massifs de mails, en usage abusif dans les entreprises, il expédia à une liste collective de destinataires un message où il souhaitait aux employés toute la réussite professionnelle possible. Bien qu'il s'estimât victime d'une décision injuste, il y déclarait n'éprouver aucune rancœur envers le président. Il concluait par une phrase fataliste sur la roue qui tourne et une allusion convenue aux routes qui se séparent pour finalement se recroiser. Puis il attendit des réponses dans son bureau, jusque tard après le passage des femmes de ménage. Mais personne, hormis Maud Lafarge, ne prit le risque ni la peine de lui adresser le moindre signe de sympathie. Aucun des employés dont il avait discrètement rattrapé les erreurs sans les sanctionner ne saisit non plus cette occasion de lui exprimer sa gratitude.

C'était certain désormais : jamais *Usine nouvelle* ne publierait son portrait à la une et le dircom Laurent Fortuit pourrait dorénavant, sans être taxé de favoritisme, consacrer ses efforts à promouvoir l'image du directeur des affaires publiques plutôt que la sienne. En revanche, peu après l'incendie, *Le Parisien* laisserait entendre que Mouquet, sans être un incapable notoire, avait commis une série de négligences indignes d'un dirigeant d'entreprise.

Juliette, qui épluchait la presse pour se tenir au courant de tout ce qui pourrait encore se dire à propos de l'affaire Jackowiak, apprit par hasard les ennuis de son ancien compagnon et se fit la réflexion qu'il n'était décidément ni adroit ni chanceux.

9

Depuis qu'elle se terrait avec Thomas dans de modestes chambres d'hôtel, il ne se passait plus une heure sans que Juliette ne ressente de vives douleurs thoraciques, une compression de l'œsophage, ou encore des vagues de nausées. Elle vivait ainsi clandestinement depuis trois semaines, changeant régulièrement d'établissement, de crainte que des employés trop souvent en contact avec eux ne leur posent des questions d'ordre privé. Qu'un petit garçon séjourne plusieurs jours de suite dans une chambre d'hôtel au lieu de se rendre à l'école pouvait rapidement éveiller les soupçons.

Juliette avait emmené Thomas dans huit hôtels au total. Les trois derniers étaient dépourvus de réception; une borne y délivrait des cartes d'accès aux chambres semblables à des tickets de parking. On n'y croisait guère que des employés chargés de garnir les distributeurs automatiques de canettes, de chips et de barres chocolatées; c'étaient le plus souvent des immigrés qui jamais ne se seraient avisés de rapporter à la police une situation anormale, tant ils voulaient s'épargner de devoir attester la régularité de la leur.

Juliette ne réservait jamais que des chambres sans télévision, pour éviter que Thomas n'apprît quoi que ce fût sur les événements terribles qui avaient précédé et suivi son abandon. Dans le premier hôtel, à Aubervilliers, elle avait enfermé l'enfant dans leur chambre puis était descendue acheter des timbres dans un bar-tabac. C'est dans ce troquet qu'elle avait entendu à la télé l'institutrice de Thomas dresser le portrait affectueux de son petit élève. Elle témoignait de son respect des adultes, de son esprit de camaraderie; elle évoquait son sérieux en classe, ses jeux joyeux sous le préau et son talent manifeste pour le dessin. Juliette en fut profondément émue. Il lui sembla que l'institutrice lui adressait, à elle personnellement, des compliments au sujet de cet enfant. Elle songea au garçon qui était en train de dessiner au même moment dans la chambre d'hôtel et sa poitrine s'emplit d'une infinie tendresse. C'était du sien qu'on parlait si gentiment.

Elle réalisa ce jour-là que Thomas aurait pu entendre le témoignage de sa maîtresse si un récepteur avait été allumé dans la chambre. Cette possibilité l'avait alarmée et c'est pourquoi elle veillait depuis lors à ce que l'enfant ne puisse pas avoir accès à la télévision.

Traits tirés et bras ballants, l'enseignante disait son espoir que Thomas fût rapidement retrouvé. Tout le monde était inquiet pour lui, car il n'était pas d'une constitution très robuste. Elle avait omis de révéler aux journalistes qu'il s'essoufflait vite lors des cours de sport et qu'elle avait pris l'habitude de le ménager plus que d'autres. Elle priait que les gendarmes le récupèrent avant que la cavale avec son père ne l'ait épuisé. Elle désirait le ramener jusqu'à sa place dans la salle de classe. C'était comme une incantation, car elle ne croyait pas du tout que cela arriverait. Elle connaissait un peu la baie de Somme pour l'avoir déjà longée en car avec des écoliers en excursion vers le parc du Marquenterre, et savait combien elle était dangereuse. Ses eaux grasses auraient pu ensevelir un troupeau de prés-salés sans que sa surface ne se ride le moins du monde. En fait, l'institutrice soupçonnait que Renan Jackowiak, en se donnant la mort, s'était puni d'avoir accompli ce qu'il annonçait dans le dernier SMS envoyé à sa femme et dont la presse, à cause d'une indiscrétion des enquêteurs, s'était largement fait l'écho.

Juliette était assez lucide pour se rendre compte qu'il faudrait bientôt en finir avec les séjours clandestins à l'hôtel. Thomas devenait chaque jour plus irritable et réclamait ses parents avec plus de véhémence que la veille. Il n'écoutait plus la jeune femme quand elle prétendait qu'ils étaient partis naviguer sur l'océan et s'étaient éloignés de lui beaucoup plus qu'ils ne l'avaient voulu. Il ne l'écoutait pas davantage quand elle soutenait que ce n'était pas leur faute, et encore moins la sienne. Un jour que Juliette lui avait apporté un sac à dos neuf pour remplacer celui qu'il portait dans le jardin du Luxembourg et qu'elle détestait voir sur ses épaules, Thomas avait piqué une colère qui l'avait laissée muette, une colère qui succédait à une crise de panique. C'était sa mère qui lui avait offert à la rentrée scolaire le sac qu'il convoitait le plus, et il continuerait longtemps de lui en être reconnaissant. «On va pas mégoter pour le sac, avait déclaré Élisabeth dans le magasin, mais pour le survêtement, celui d'Amiens Métropole fera bien l'affaire encore cette année.»

Regarder Thomas paisiblement endormi faisait grand bien à Juliette. Elle se disait que, parce qu'elle lui cachait de terribles vérités, c'était à elle qu'il devait son sommeil serein et

123

sa respiration régulière. Elle usait ses forces à méditer la même chose pendant la journée, mais grondant comme un ciel noir, l'angoisse dominait alors ses pensées.

Il y avait par bonheur des moments, dans la chambre d'hôtel, où Thomas se lassait de jouer ou de triturer les affaires d'école qu'il avait emportées dans son sac à dos. Alors il suivait Juliette des yeux avec attention, comme si elle se préparait à le surprendre par quelque idée d'activité nouvelle. Juliette adorait ces instants qui lui donnaient l'illusion de compter plus que quiconque pour le petit garçon et l'impression qu'il la suppliait de ne pas quitter la chambre sans lui ni de disparaître de sa vie.

Un soir, Juliette couvrit ses cheveux d'un foulard sombre, puis coiffa Thomas d'une casquette de base-ball en lui demandant de la garder sur la tête pour aller manger dans un Quick. Le gamin lui réclamait des Fish'n Dips depuis la veille et Juliette redoutait qu'il ne devînt insupportable si son envie n'était pas bientôt satisfaite. Dans la rue, elle demanda le chemin du fast-food à une adolescente, qui le lui indiqua d'un geste de mourante après avoir décollé deux secondes son casque audio d'une oreille.

Thomas commanda son menu sans hésiter sur ses choix, exactement comme s'il était avec ses parents au Quick d'Amiens-Sud. Ce passage au fast-food avait été assez angoissant pour Juliette, qui craignait constamment que l'on ne reconnût l'enfant, dont la photo était diffusée par les télés et désormais affichée dans les bâtiments publics. Elle-même, sans trop savoir si c'était par honte ou pour éviter d'être plus tard démasquée, gardait la tête baissée la plupart du temps et ramenait son foulard sur son front à tout bout de champ.

Thomas dévorait son petit menu en se léchant les doigts et les dents. Il évitait de croiser le regard des autres enfants, en grand nombre dans la salle, et les regardait un à un à la dérobée. Lui qui était sans parents, se tenait prêt à baisser les yeux, et peut-être même la tête. Il n'avait pas l'avantage. Il aurait préféré être n'importe lequel des gosses qui l'entouraient, y compris le petit obèse juché sur un tabouret que sa mère était en train de moucher énergiquement, avec un air excédé, ou cette gamine qui babillait sans réussir à capter une seconde l'attention de sa mère.

Après avoir fini son plateau, il voulut se rendre aux toilettes et insista pour y aller seul.

– Alors ne traîne pas, lui enjoignit Juliette en inclinant sur son nez la visière de sa casquette. Et pour une fois, tant pis si tu ne te laves pas les mains.

Ayant surpris ces derniers mots, une jeune femme qui à la table voisine essuyait le menton de sa fille, barbouillé de sauce frites, adressa à Juliette un regard lourd de reproche, de ceux que les mères confiantes en leurs principes d'éducation croient devoir jeter aux parents qui ne les adoptent pas.

Juliette transpirait et tremblait un peu. Sous le foulard, elle avait ramassé ses cheveux en un chignon si serré que son cuir chevelu lui faisait mal. Ses intestins étaient pris de spasmes.

Elle était désemparée. Jamais encore elle n'avait aussi bien réalisé qu'elle s'était placée dans une situation intenable. Dès que Thomas fut sorti des toilettes, elle le pressa pour rentrer à l'hôtel par le chemin le plus court. Ils parcoururent sans se parler trois cents mètres d'une avenue bordée exclusivement d'immeubles de bureaux, où les réverbères dormaient debout bien alignés, avec un œil clignotant. Thomas marchait devant, avec un dandinement légèrement comique, moins pour tenter d'amuser Juliette que pour s'aider à chasser toute tristesse de ses pensées.

Dans la chambre d'hôtel, Juliette s'allongea sur le lit tout habillée et laissa couler ses larmes. Pour la première fois depuis la rencontre de Thomas au jardin du Luxembourg, elle se blâmait sévèrement pour son inconséquence. Pendant ce temps, depuis le fauteuil où il sirotait le fond d'un gobe-let de Sprite, Thomas la regardait attentivement, sans du tout s'alarmer pour elle.

– Dis Julie, on ressort ? finit-il par demander.

Il utilisait le prénom par lequel Juliette s'était fait connaître.

– Tu vois pas dans quel état je suis ?

– Si, je vois, et pourquoi t'es comme ça ?

– Je suis épuisée.

– Ah, on n'a rien fait pourtant... Je sors tout seul alors ?

– Ça va pas, Thomas ? Il faut quelqu'un pour s'occuper de toi, tu as six ans, je te rappelle.

– Et pourquoi ce serait toi ? T'es pas ma mère !

Juliette eut une bouffée de chaleur, sa gorge se noua. Elle s'était certes attendue à entendre quelque jour cette réflexion et s'y était préparée pour ne pas en être alors trop blessée mais elle était dépitée que Thomas l'eût faite aussi tôt, et si peu après qu'elle lui eut offert les Fish'n Dips qu'il avait paru tant vouloir. Sa conscience plus que jamais l'accusait d'avoir, par une foucade, arbitrairement décidé du sort du gamin. Mais elle voyait mal comment retourner en arrière sans se trahir ni faillir aux responsabilités qu'elle s'était imposées.

Elle songea alors qu'elle pourrait trouver refuge dans la maison familiale où elle passait, quand elle était jeune fille, le plus clair des vacances scolaires en compagnie de Marion. Il lui était souvent arrivé de penser qu'elle y viendrait de temps en temps avec ses enfants et qu'elle se promènerait avec eux le long du canal qui bordait le jardin. Son premier gosse serait un garçon qui réclamerait tôt dans la vie des bottes de pêcheur. Et qu'elle aurait nommé Léonard.

10

Aussitôt après la mort de sa femme, Luc-Émile mit en vente leur appartement de la porte Molitor, en lisière du bois de Boulogne, et s'installa seul dans sa maison jusqu'alors secondaire près de Lamotte-Beuvron, sous un cèdre candélabre au bord du canal de la Sauldre. Il avait choisi de vivre là désormais, dans cette modeste demeure de style solognot en briquette rouge, à l'écart de toute autre agitation que celle des chauves-souris à la nuit tombée.

Les habitants de la région disaient du canal qu'il était sans queue ni tête, parce qu'il finissait en cul-de-sac à chacune de ses extrémités. Même s'ils en fréquentaient peu les berges, ils étaient fiers de l'avoir sur leur territoire, car il était unique : le seul en France qui fût totalement isolé du réseau fluvial. Depuis qu'on l'avait radié de la liste des voies navigables, plusieurs décennies auparavant, il ne transportait plus ni marne à usage d'engrais ni grumes pour la scierie de Lamotte-Beuvron et n'attirait plus que de rares promeneurs en quête de délassement. C'était un canal verdoyant, un long bassin qui s'étirait hors du temps et près duquel Luc-Émile avait prévu de vivre sereinement le restant de ses jours.

Quand il aperçut sa fille qui s'avançait avec un petit garçon sur le chemin de halage, le vieil homme préparait des bouillettes pour pêcher la carpe. Assis devant sa porte, il mélangeait dans un grand saladier des farines de soja et de crevettes avec une espèce de pâte de noix tigrées et de la semoule de blé. Il rentra vite dans la maison, ôta son sweat-shirt qui boulochait et enfila, pour accueillir sa fille, une chemise propre et repassée.

Juliette n'avait pas prévenu son père de son arrivée; elle ne lui avait pas non plus confié qu'elle s'occupait depuis peu d'un orphelin de six ans. Elle avait rallié Lamotte-Beuvron par le train avec son protégé, sans beaucoup de bagages. On aurait dit des vacanciers lestés pour un séjour d'une semaine.

Luc-Émile pensa d'abord que le gamin, un peu voûté sous son sac à dos, était un écolier de la ville qui avait pu reconnaître Juliette en sortant de classe et souhaité l'accompagner le long du canal. Mais il ne comprenait pas pourquoi, en ce cas, sa fille lui tenait la main.

11

Dans un cercueil, il est autant de morts que de gens venus le bénir, car chaque proche possède son souvenir personnel du défunt. Lorsqu'elle songeait à sa mère, Juliette la revoyait le plus souvent à la maison de retraite, allongée sur son couvre-lit, avec ses fins cheveux blancs étalés sur un énorme oreiller. Jeanne était toujours vêtue d'un pantalon court qui dénudait ses chevilles couleur de nacre. Elle se louait d'avoir gardé ses jambes de jeune fille et, même après qu'elles eurent fini de lui servir à marcher, elle avait continué d'en faire un objet de coquetterie. Juliette la revoyait ainsi étendue, les jambes posées sur son coussin en mousse viscoélastique à mémoire de forme, fixant le mur devant elle ou, quand c'était un bon jour, la tête tournée vers la fenêtre. Elle se rappelait très nettement par quels gestes lents elle ôtait son dentier et l'étrange façon qu'elle avait de l'examiner, comme si reposait sur sa paume un tesson de poterie antique récemment déterré. Ce spectacle lui serrait chaque fois le cœur à l'époque mais, depuis le décès de sa mère, elle aurait donné beaucoup pour le revoir.

Luc-Émile, lui, gardait surtout l'image de Jeanne aux premiers temps de leurs amours, quand ses cheveux étaient encore bruns et soyeux et son corps aussi nerveux que menu. Il l'avait tout de suite trouvée troublante puis, très vite, captivante. Il se souvenait de leurs premières promenades dans les rues de Paris. Il hésitait parfois sur la direction à prendre entre un passage et un boulevard et son indécision amusait Jeanne, qui finissait toujours par l'entraîner derrière elle. Il s'estimait plutôt doué pour faire plaisir à cette femme, pour rejoindre les mouvements profonds de sa pensée et percevoir les courants chauds de ses émotions ; il pensait lui avoir été destiné dès les origines. Depuis qu'elle était morte, il se souvenait avec précision des transports amoureux de leurs débuts et quasiment pas de la routine ni du délabrement des derniers temps. Il lui semblait qu'il l'aimait encore plus tendrement depuis qu'elle n'était plus.

Après le départ de Jeanne, Luc-Émile était resté atone de longs jours dans son appartement parisien, où il se préparait le plus souvent comme repas des œufs au bacon ou une boîte de coq au vin. Puis il avait décidé de le quitter définitivement et en avait remis les clés au jeune homme, toujours vêtu de chemises gaies en tergal, qu'il avait chargé de le vendre. Avec gravité, il avait refermé la main de l'agent immobilier sur le trousseau, comme s'il lui confiait un médaillon contenant le portrait de sa femme.

Depuis qu'il était installé près du canal, il luttait vaillamment contre la mélancolie. Il appelait l'agence plusieurs fois par semaine pour s'enquérir du rythme des visites et recueillir les observations des acheteurs potentiels. Il téléphonait aussi à de vieux amis pêcheurs qui s'étaient progressivement éloignés les uns des autres, se reprochaient mutuellement de ne plus se rendre visite mais qui, protestant de leur volonté de maintenir le contact, échangeaient des nouvelles de leurs dernières captures ou de leurs douleurs rhumatismales.

Il débutait la plupart de ses journées au centre du bourg par un arrêt dans un bistrot, où il consommait un grand café avec une tartine de pain beurré. Assis près de la baie vitrée, il lisait vaguement *La République du Centre* en prêtant l'oreille aux commentaires des habitués sur les compétitions du parc équestre, les faits croustillants de la dernière saison de chasse, les turpitudes supposées des élus de la République ou l'impéritie notoire des fonctionnaires locaux. Mais il gardait le nez dans le journal pour dissuader les clients de l'associer à leurs discussions.

Le lendemain de l'arrivée de sa fille, tandis qu'elle débarrassait dans la cuisine la table du dîner, il éprouva le besoin de lui dire qu'il se sentait coupable d'aimer vivre seul dans sa maison de Sologne. Certes, il regrettait la présence de Jeanne, le son pur de sa voix et ses avis sur tout, mais il goûtait la liberté devenue totale de se lever, se nourrir et sortir quand il le voulait, sans devoir se régler sur d'autres rythmes que les siens. Il était content de la vie qu'il menait et n'éprouvait aucune nostalgie, ni de l'époque où il remplissait ses boîtes à œufs à la crémerie, ni de celle, moins lointaine, où il devait partager avec Jeanne et Juliette un téléphone à cadran. Il adorait regarder en replay sur internet les documentaires d'Arte, relire les livres qui l'avaient fasciné dans sa jeunesse ou ceux qu'il avait savourés dans l'âge mûr.

– Il y a même des instants où je suis parfaitement heureux, déclara-t-il tout à coup, et j'en ai honte aussitôt. Mais alors je parle à ta mère et ça m'apaise… Je lui parle comme je te parle là, je préfère le faire dans cette cuisine plutôt que sur sa tombe.

– Tu ne dois pas t'en vouloir, dit Juliette en posant une main sur l'épaule de son père, il n'y a aucune raison que tu t'en veuilles.

Elle se fit alors la réflexion que les muscles toniques qu'elle avait toujours aimé tâter à cet endroit ne lui couvraient plus guère les os.

– Tu as accompagné maman jusqu'au bout, poursuivit-elle, tu t'asseyais auprès d'elle tous les après-midi à la maison de retraite.

– Oh, je n'avais pas grand mérite, ma chérie. Dans sa chambre, je lisais ou je regardais la télé : c'est-à-dire à peu près ce que j'aurais fait chez moi au même moment.

– Oui, c'est ce que tu aurais fait chez toi porte Molitor, mais regarde, ici, tu fais tout autre chose : tu pêches, tu fais pousser des fraises, tu prends plaisir à préparer du petit bois pour le poêle… Tu serais sûrement venu te retirer ici plus tôt si maman n'était pas devenue impotente à la fin.

Juliette savait combien son père s'était montré dévoué envers son épouse les derniers mois et elle avait pour lui depuis lors davantage d'affection encore. Elle avait conscience de tout ce qu'il avait entrepris pour que Jeanne restât le plus longtemps possible en sécurité chez elle. Pendant son premier séjour à l'hôpital, après une mauvaise chute au lever, il avait, en prévision de son retour, installé dans leur chambre un lit avec un sommier plus bas, fait poser une moquette rase sur le parquet glissant et des barres d'appui en chêne dans les salles d'eau et le couloir. Il avait pourtant conscience que ces mesures ne pouvaient être que légèrement dilatoires et qu'il serait bientôt contraint de placer son épouse dans un établissement où elle serait jour et nuit entourée de soignants. Tout ce à quoi il aurait pu s'attendre si elle était restée trop longtemps dans l'appartement, c'était qu'elle tombe à nouveau, s'assomme et doive être ramassée par des ambulanciers, puis conduite à l'hôpital sans garantie d'avoir rapidement une chambre en gériatrie.

Les derniers temps dans l'appartement de la porte Molitor, elle se réveillait plusieurs fois chaque nuit en se plaignant de crampes aux cuisses. Luc-Émile se levait alors pour lui masser longuement les jambes. Chaque jour, la mairie faisait apporter au couple des plats à réchauffer et, deux fois par semaine, une aide à domicile venait pour le ménage et le repassage. Mais Luc-Émile fatiguait quand même, car il ne relâchait jamais sa vigilance, se tenant prêt à assister son épouse pour le moindre mouvement alors même que les siens devenaient raides. Avec un sommeil aussi perturbé, il craignait de tomber un jour d'épuisement, de devoir se reposer à l'hôpital, et il se demandait ce que Jeanne en ce cas serait devenue sans lui.

– Tu sais ce que j'ai fait quand je suis revenu à la maison après avoir laissé ta mère à la maison de retraite ?

– Non. Une bêtise, j'espère, fit Juliette avec un sourire espiègle.

– Je me suis descendu une bouteille de rosé bien frais. C'est vraiment la première chose que j'ai faite. C'est pas brillant, dis ?

– A-t-on besoin d'être brillant ? T'avais bien le droit de boire un coup dans ton coin, ça ne changeait rien pour maman.

Vraiment, Juliette ne pouvait rien reprocher à son père. Jeanne avait vieilli vite et perdu prématurément son autonomie. À soixante ans déjà, une arthrose des genoux et un fort taux de calcium dans le sang avaient commencé de perturber son équilibre. Puis, bien que son mari eût veillé à la nourrir de protéines pour maintenir sa force musculaire, à l'équiper de lunettes les mieux adaptées à sa vue déclinante, elle s'était mise à trébucher et à tomber régulièrement sans pouvoir réussir à se relever seule. Sans plus d'alternative, Luc-Émile s'était alors vu contraint de placer sa femme dans un Ehpad. Et maintenant qu'elle était morte, il se demandait s'il n'avait pas failli.

— Merci, Juliette, dit-il avec un soupir de soulagement. À présent, je vais profiter de cette maison près du canal et tâcher de n'embêter personne. Ah, quand même, je voudrais que tu me promettes quelque chose.

— Quoi donc ?

Le visage du vieil homme prit une expression de parfaite sérénité.

— Le moment venu, je voudrais qu'on m'enterre près de la maison.

— Papa…

— Je voudrais devenir quelque chose comme le vert de l'herbe.

— Arrête, je t'en prie.

— Pardon, ma Juliette. Tu vois, je ne suis qu'un vieil égoïste : je ne pense qu'à mon avenir, fit-il en riant.

Juliette sourit tristement.

— De toute façon, je ne sais pas si c'est autorisé…

— Tu vérifieras. Je te laisserai beaucoup de temps pour ça…

Luc-Émile s'était promis de ne pas finir ses jours dans une maison de retraite. « Je préférerais me mettre des bois de cerf sur la tête, avait-il dit

138

à sa fille en plaisantant, et me faire abattre dans un fourré par un chasseur. » Juliette se souvenait de la toute première fois où elle avait déjeuné avec lui dans l'Ehpad de Jeanne. Ils avaient traversé le hall où un octogénaire lisait à voix haute un journal devant deux pensionnaires encore plus âgées que lui, assoupies dans leur fauteuil roulant. « Voilà ce que je pourrais faire de mieux si je devais finir ici, avait chuchoté Luc-Émile à l'oreille de sa fille. Alors non, pas question d'être le vieux débris qui lit le journal à deux momies qui bavent sur leur menton. »

Ensuite, ils étaient allés chercher Jeanne dans sa chambre, puis une auxiliaire de vie les avait fait entrer tous les trois dans une petite salle à manger carrée, attenante à la grande salle où s'installaient progressivement les autres résidents. Sommaire, le mobilier était le même dans les deux réfectoires, mais pour donner à la petite pièce une ambiance familiale, on y avait dressé une horloge comtoise, avec son mécanisme à poids apparent derrière une vitre.

Lors de la précédente visite de Luc-Émile à son épouse, il avait remarqué que ses cheveux avaient beaucoup poussé, qu'ils n'avaient jamais été aussi longs. Ils étaient raides et ternes et cela l'avait peiné. Il avait demandé qu'on les lui coupe et, ce jour-là, dans la lumière crue du réfectoire, il était content du résultat, qui donnait de l'éclat à ses cheveux blancs.

Un kir à la mûre leur avait été offert avant le même menu, mal réchauffé, que celui servi au CHU voisin. C'était un repas sans grande saveur mais acceptable, jusqu'à ce qu'une jeune femme virevoltante pose tout ensemble sur la nappe un morceau de camembert, une pomme et une tasse de café tiède, sans utiliser de soucoupes. Juliette et son père avaient bien compris le message: l'heure approchait pour le personnel de débarrasser les tables et de prendre une pause. Ils étaient indignés mais s'abstinrent de protester. Ni l'un ni l'autre n'avaient reçu une éducation qui autorise beaucoup la contestation.

Ils avaient quitté la maison de retraite mortifiés de devoir y abandonner Jeanne.

12

Depuis son départ de la société Carboteknica, Thierry Mouquet consacrait une partie de son temps à rechercher Juliette. Il s'était rendu à la porte Molitor, où il se souvenait qu'habitaient les parents de sa compagne.

Dès qu'il eut sonné chez la gardienne, il entendit un choc de chaises et le crissement d'une table qu'on déplace. La porte s'ouvrit sur le visage fâché d'une femme de haute taille aux bras dodus. Elle portait un long tablier bleu gauloises taché de projections de graisse et de crème laitière. Mouquet l'avait dérangée pendant son déjeuner avec sa marmaille, autour d'un grand plat de pâtes aux lardons, et cela semblait l'avoir beaucoup contrariée. La loge était minuscule et il avait été manifestement compliqué pour elle de réunir ses cinq enfants autour de la petite table qui était, hors une gazinière et un buffet pansu, le seul meuble de la pièce. Mouquet avait troublé un ordre fragile et les mômes en profitaient maintenant pour s'age-nouiller sur leur chaise et se jeter des boulettes de pain.

Les mains posées sur les hanches, impatiente de voir déguerpir au plus vite l'importun, la gardienne lui répondit directement, sans du tout observer son devoir de réserve. Après l'enterrement de Jeanne Harlay au cimetière d'Auteuil, rapporta-t-elle, son mari avait mis l'appartement en vente dans une agence de l'avenue Mozart. Elle avait prononcé les mots « Auteuil » et « Mozart » avec froideur, car leur usage lui paraissait réservé à des gens qu'elle était contrainte de servir mais qu'elle n'aimait pas.

Elle accepta sans hésiter de lui donner la nou-velle adresse de Luc-Émile Harlay en Sologne. Après tout, l'ancien propriétaire ne le lui avait pas défendu avant de partir et, puisqu'elle n'es-pérait plus désormais ses étrennes, elle n'atten-drait plus non plus ses consignes. Elle était de plus en plus en pressée de voir son visiteur repar-tir pour revenir vers ses enfants, leur distribuer de petites tapes derrière la nuque et les rasseoir correctement sur leur chaise.

S'engouffrant dans le métro à la station Michel-Ange-Molitor, Thierry repensait à la loge qu'il avait entrevue depuis le seuil. C'était une ruche, vibrante de vitalité enfantine, et il se surprenait à envier la gardienne d'y puiser autant de force qu'elle en épuisait.

13

Depuis leur arrivée au bord du canal trois jours plus tôt, Juliette avait observé que vingt mètres de course suffisaient à mettre Thomas hors d'haleine. Elle n'avait jamais jusque-là porté beaucoup d'attention aux enfants qui pouvaient jouer près d'elle et elle ignorait s'il était normal qu'un garçon de six ans suffoquât autant après avoir aussi peu couru. Elle avait cependant remarqué que Thomas, lorsqu'il éprouvait des difficultés à respirer, ne voulait rien en laisser paraître. Quand il se trouvait à court d'air, il s'arrêtait net et cherchait à prendre aussitôt une attitude normale. Il se retenait de poser les mains sur ses hanches ou, le buste penché en avant, sur ses genoux. Il se remettait à marcher le plus souplement possible, attentif à ne susciter aucune inquiétude.

Juliette avait d'abord pensé que Thomas manquait d'exercice et que cela expliquait qu'il fût essoufflé au premier effort. Les trois dernières semaines, il avait passé le plus clair de son temps allongé sur un lit d'hôtel à dessiner sur un calepin ou à jouer avec une console ; il n'avait guère marché que pour aller d'un hôtel à un autre. Mais Juliette n'était pas sûre que cette période d'inaction puisse suffire à expliquer les suffocations de l'enfant. Seul un diagnostic médical aurait pu l'éclairer, mais elle n'aurait pas été assez sotte pour emmener Thomas chez un praticien et risquer une maladresse qui éveillerait des soupçons.

Après l'hôtel où elle venait de passer, le froid dans l'âme, une période absurde, Juliette appréciait son séjour dans la maison de son père. Arrivant directement de la gare de Lamotte-Beuvron, elle s'était délectée, en entrant dans la cuisine, de l'arôme des pelures d'orange posées sur la fonte du four à bois. Cela l'avait émue de noter que son père perpétuait cette tradition chère à Jeanne.

Un soir, tandis qu'elle préparait le dîner avec son père, Thomas sortit à leur insu se promener au bord du canal. Thierry Mouquet, portant en bandoulière un sac de cuir dont on n'aurait su dire si c'était un carnier, une housse d'ordinateur ou s'il contenait des vêtements, se porta à sa hauteur. Le jour déclinait, mais Thierry reconnut vite l'enfant qui, lors de sa visite à Marion, était accouru vers lui en croyant pouvoir accueillir un proche. Il n'était pas seulement équipé d'un remarquable esprit analytique, mais aussi d'une formidable mémoire visuelle. Thomas, lui, n'établit aucun lien entre cet homme en jean et celui qui s'était présenté en costume-cravate chez Marion, et dont il s'était désintéressé aussitôt qu'il avait constaté qu'il n'était pas son père. Thierry le salua mais l'enfant, qui suivait des yeux les chauves-souris volant bas sous les arbres, n'eut aucune réaction.

– Il fait nuit déjà, elles vont se cogner…, fit toutefois Thomas, comme pour lui-même, au bout de quelques secondes.

– Non, elles connaissent leur chemin par cœur, affirma Thierry, elles font toujours le même.

– Elles peuvent pas nous tomber dessus ?

– Non, elles restent là-haut, comme les hirondelles.

– Pour quoi faire ?

– Pour attraper des insectes en volant.

– Pour jouer ?

– Non, pour les manger. C'est pour ça que si tu ramasses leurs crottes…

– Ah, beurk, je veux pas ramasser leurs crottes, moi…

146

– Je veux dire : c'est pour ça que si tu *regardes* leurs crottes, tu y verras des petites paillettes argentées, qui sont en fait des résidus d'ailes d'insectes.

– Des résidus ?

– Des petits morceaux, si tu préfères.

L'air perplexe, Thomas continuait d'observer les chiroptères.

– On les entend pas crier, c'est normal ?

– Je ne sais pas, c'est sûrement qu'elles n'ont pas de raisons de crier.

– Ça me fait peur qu'elles crient pas, moi je préférerais qu'elles crient.

– Elles font un peu ce qu'elles veulent, je crois. Par exemple, de temps en temps, elles volent sur le dos, c'est leur manière à elles de rire.

La voix légèrement caverneuse de Thierry avait tranquillisé Thomas. Au gré des passages des chauves-souris, il se répétait alternativement : *Maman va venir me chercher, maman va pas venir.*

Soudain, Luc-Émile sortit de la maison à la recherche de Thomas, l'appelant d'une voix angoissée.

– C'est ton père, ton grand-père ? demanda Thierry.

– Non, c'est le papa de Julie.

– Ah ! Et qui c'est, Julie ?

– Je sais pas, elle me garde, elle m'a emmené ici, on a pris le train. Et avant on était dans des hôtels, la douche était dans la chambre, j'aimais pas.

14

Juliette n'avait pas pu longtemps mentir à son père. Quand elle lui eut révélé que Thomas n'était pas le fils d'une amie à qui elle rendait le service de s'en occuper le temps d'un déplacement professionnel, quand elle lui eut expliqué dans quelles circonstances exactes elle l'avait recueilli, Luc-Émile arrêta aussitôt une solution pour protéger sa fille des ennuis qu'elle s'attirerait forcément si elle s'obstinait à garder Thomas. La détermination et l'aisance à prendre des résolutions rapides et unilatérales formaient chez lui un trait dominant de sa personnalité, qui l'engageait parfois dans des directions qu'il regrettait ensuite d'avoir prises.

Un matin, alors qu'il avait programmé de l'emmener à la pêche, il proposa à Thomas de l'accompagner plutôt en ville.

– On prend le train jusqu'à Orléans, tu verras : c'est une grande ville. On fera un tour de tramway si tu veux, et je t'emmènerai à la Fnac lire des BD.

– C'est quoi le tramouais ?

– Ça ressemble à la fois à un bus et à un train.

– Je pourrai prendre ma play dans le train ?

– Ta play et une gourde d'Orangina si ça te dit.

– C'est quoi la Fnac que t'as dit ?

– Un grand magasin où on vend des BD et des films. Il y a aussi des grandes télés allumées partout. Tu pourras y rester un bon bout de temps si tu veux, ajouta le vieil homme avec un trémolo dans la voix.

Après un trajet en tramway de la gare aux quais de la Loire et un parcours à pied jusqu'à la Fnac, Thomas fut suffisamment fatigué pour réclamer de s'asseoir sur la moquette du magasin. Luc-Émile abandonna le jeune garçon devant un extrait de film qui tournait en boucle à l'étage des écrans plats. Il lui avait dit de rester tranquillement à cette place, le temps qu'il fasse un tour au secteur des livres. Il se tint non loin de l'enfant pour le surveiller un moment, avant d'aborder discrètement un vendeur à qui il désigna Thomas, prétendant reconnaître en lui un gamin dont le portrait était placardé dans les espaces publics, parmi d'autres photos d'enfants disparus. Le vendeur haussa les épaules : il ne fallait vraiment pas s'affoler, les parents ne devaient pas être bien loin, il arrivait tout le temps que l'espace des écrans plats soit utilisé comme une halte-garderie. Mais Luc-Émile insista, prétendant être entré dans le magasin une heure plus tôt et avoir déjà remarqué le petit garçon plusieurs fois, à différents endroits et chaque fois seul. Et puis, il était formel : il reconnaissait bien le visage d'un gamin officiellement recherché. De mauvaise grâce, le vendeur fit diffuser une annonce sonore qui invitait les parents de l'enfant à se présenter à l'accueil du magasin, puis, comme personne n'y répondait, il se résolut à appeler la police. « Ce sera la deuxième fois cet après-midi, se plaignit-il, on a déjà dérangé les flics tout à l'heure pour intimider un voleur de jeux vidéo, un récidiviste à l'affût des nouveautés. »

Thomas ne fut pas d'une grande aide pour les policiers qui cherchaient à identifier sa ravisseuse. Il ne connaissait pas le nom du canal près duquel il s'était réveillé le matin même, ne se souvenait pas d'avoir entendu Julie ou son père prononcer celui de la commune et n'avait été en contact avec aucun de leurs voisins, pas même avec les pêcheurs, au motif qu'il ne fallait pas les déranger quand ils surveillaient leurs lignes. La jeune femme qui s'était occupée de lui s'était montrée plutôt gentille, mais elle était souvent bizarre. Il ne voulut pas préciser en quoi elle l'était, bien qu'il eût pu livrer deux exemples. Le premier : une fois ou deux, elle l'avait appelé Léonard au lieu de Thomas. Le second : il était arrivé que son père appelle la jeune femme Juliette alors qu'elle avait dit se prénommer Julie.

L'orage grondait à l'extérieur de l'hôtel de police d'Orléans et Thomas se disait naïvement, avec toute la tendresse qu'il éprouvait pour ses parents, qu'ils étaient retenus quelque part contre leur volonté derrière des rideaux d'eau, des cataractes, avec peut-être même les pieds englués dans la glaise d'un chemin détrempé. Depuis qu'il avait perdu de vue son père au jardin du Luxembourg, il avait imaginé, dans l'isolement des chambres d'hôtel, un grand nombre de situations qui les empêchaient de cheminer vers lui. Cela le perturbait fortement et il passait d'un état moral à l'autre de manière si brusque que Juliette échouait à s'y adapter. Pour se rassurer, elle se disait que tous les enfants de six ans pouvaient être ainsi, dans la même heure soulevés d'une joie violente, puis aussitôt repris par le bercement de la mélancolie.

Quatrième partie

1

C'était par défaut que Juliette avait commencé
de fréquenter dans l'intimité celui qui deviendrait son époux. Au tout début, elle ne commu-
niquait guère avec lui que sur le web. Maxime
était alors responsable de la sécurité incendie
d'une tour de bureaux située à Puteaux, et il
commandait ses extincteurs sur l'e-boutique
de Juliette. Tous deux avaient pris l'habitude
d'échanger quantité de mails où ils commen-
taient les propriétés des mousses, des poudres ou
encore des percuteurs de ces appareils. Et un
beau jour, tandis qu'ils abordaient des questions
plus personnelles, ils avaient décidé de se rencontrer physiquement à la cafétéria de la tour. Ils
étaient restés debout pour boire un café en tenant
une conversation anodine. Juliette avait vécu ce
moment comme une danse à deux, irréelle, où

aucun ne sait bien qui doit guider l'autre, s'il est permis de le serrer contre soi ou plus normal de le tenir à distance.

Par degrés, sans s'avouer que seule sa semence d'homme bien découplé l'attirait vraiment, Juliette avait franchi avec Maxime toutes les étapes émotionnelles et conventionnelles qui mènent au mariage. Cet homme lui paraissait solide, sain, maître de lui-même sans être dominateur. Il était discipliné sans être rigide, responsable de ses actes sans scruter ceux des autres pour les évaluer. La tour où il travaillait appartenait à un puissant groupe d'assurances qui lui garantissait un emploi stable. Ses parents citaient en exemple sa réussite sociale, qu'il avait atteinte sans posséder aucun diplôme supérieur, mais grâce à son opiniâtreté, son sérieux et son obéissance raisonnée aux règles. Juliette n'était pas sûre de pouvoir jamais le chérir profondément, mais elle désirait fonder avec lui, dont elle aimait l'allure et l'énergie, une petite famille remuante qui dissiperait ses idées noires.

La cérémonie eut pour témoin un ami pompier du marié. Maxime, dont c'était à quarante-cinq ans le premier mariage, avait invité, comme il en avait rêvé durant près de trois décennies, tous les membres de sa famille, jusqu'aux cousins éloignés. Il tenait à ce qu'ils soient les témoins de son renouveau. Tous ceux qui l'avaient plaint de sacrifier sa vie personnelle à son travail, qui avaient décrété qu'il vivrait toujours seul dans un appartement sans rideaux, avaient été convoqués plutôt qu'invités à la mairie. Entrant dans la salle des mariages avec Juliette à son bras, Maxime les privait du plaisir vicieux de le prendre en pitié. Cela avait été pour lui un moment savoureux, une revanche dont il s'était après coup persuadé qu'elle lui avait été de tout temps réservée. Juliette, quant à elle, n'avait convié aux noces que son père et un petit groupe d'oncles et de tantes effacés. Elle portait une robe de mariée couleur perle, mi-longue, avec de fines bretelles scintillantes, et regardait ses proches au fond des yeux, avec dans les siens une lueur de joie tempérée.

Luc-Émile avait assisté aux cérémonies sans vraiment partager la gaieté des invités, attristé que sa fille ait négligé d'y associer Marion. Et puis, il savait que cette union n'avait d'autre objet que de donner un enfant à Juliette et il présageait qu'elle ne serait pas, autant que la sienne avec Jeanne, une source de bonheur.

Les époux eurent bientôt une fille, qu'ils prénommèrent Léa (car il n'y aurait finalement jamais de Léonard pour Juliette). Maxime avait espéré que cette naissance stabiliserait l'humeur de son épouse, dont il avait souvent remarqué les inquiétants balancements. Vivant avec Juliette, il avait dû supporter, davantage encore que Thierry Mouquet quand il logeait avec elle, l'alternance de ses épisodes d'excitation et de ses phases d'abattement. Il avait d'abord pensé que sa femme était sévèrement versatile, avant de se demander si elle ne souffrait pas de troubles plus profonds.

Juliette pouvait être hyperactive pendant une ou deux semaines, jusqu'à négliger de s'alimenter. Elle parlait fort et riait avec exagération. Puis, après quelques mois où elle s'était montrée équilibrée, elle s'abîmait pendant des semaines dans un gouffre de tristesse. Seul le devoir impérieux de s'occuper de Léa la tirait alors du lit, où elle aurait sinon passé des heures en plein après-midi.

Le comportement de son épouse démoralisait Maxime, il lui manquait les fiches réflexes pour y réagir. Dans sa tour, il aimait obéir aux instructions, examiner les notices d'utilisation des divers dispositifs de sécurité. Les procédures liées à tel ou tel péril, précises et univoques, lui donnaient le sentiment de pouvoir maîtriser tous les aléas. Mais il n'en existait pas pour l'aider à s'adapter aux variations d'humeur de sa femme et cela le laissait désarmé.

Au bout de cinq années de mariage, il choisit une période où Juliette était parfaitement calme pour lui faire part de son intention de la quitter. Il redoutait son prochain cycle d'exaltation ou sa prochaine saison d'asthénie et désirait avoir repris sa liberté avant qu'ils ne s'amorcent. En attendant, il s'attardait des heures chaque soir au poste de sécurité de la tour de Puteaux, où il se répétait en boucle les divers scénarios d'évacuation selon qu'un incendie se déclarerait à tel ou tel étage.

2

Juliette était célibataire depuis onze ans et l'être humain qui depuis lors occupait le plus ses pensées était son unique enfant. Léa était une jeune fille enjouée, qui exigeait en permanence une liberté accrue et usait de tous les stratagèmes pour sortir le plus possible avec ses copines, en général plus âgées qu'elle. Celles-ci ne fréquentaient pas forcément son collège. Elle pouvait les avoir rencontrées en club ou en colonie de vacances et avoir gardé le contact. Elle n'avait que quinze ans, mais elle était parfaitement capable, pour les revoir, d'organiser leur voyage jusqu'à Paris et de trouver des adultes susceptibles de les héberger pour une ou deux nuits. Tout cela pour le bonheur de les accueillir au cœur de la ville, de déambuler avec elles dans une galerie commerciale ou de traîner dans un fast-food en riant aux éclats la moitié du temps.

Juliette tremblait pour sa fille, qui passait chaque semaine des heures dans le métro pour honorer ses multiples rendez-vous avec ses amis. Elle se troublait de chaque détail qui la montrait quittant l'enfance.

Après qu'elle eut entendu sa mère remplir comme chaque soir son petit arrosoir, Léa la rejoignit pieds nus sur le balcon où elle cultivait de la ciboulette et des radis dans des bacs vert pomme. Aux aguets dans sa chambre aux environs de vingt-trois heures, elle avait attendu de pouvoir aborder Juliette une fois qu'elle aurait éteint son ordinateur. C'était selon elle le moment le plus propice pour obtenir l'autorisation de sortir le lendemain soir, comme elle en mourait d'envie depuis que son chanteur préféré avait annoncé pour cette date son retour sur scène.

– M'man, ça va ?

– Oui, qu'est-ce que tu veux me demander ? fit Juliette, pas dupe, en continuant d'arroser méthodiquement ses maigres plantations.

– Rien, c'était intéressant ce que tu regardais ? répondit Léa pour tergiverser.

– Oui, mais aussi un peu désespérant : une vidéo sur la condition des femmes dans les Émirats.

– Ah oui, c'est sûr qu'on a la vie plus belle en France, nous les filles.

– C'est clair. Faut dire qu'on réclame de plus en plus tôt sa liberté, pas vrai ? observa ironiquement Juliette.

– Peut-être, je sais pas comment c'était avant, moi.

– Alors lance-toi, qu'est-ce que tu avais à me demander ?

– Ma copine Stella m'a donné une invitation pour un concert demain et si je l'accompagne pas, c'est sûr que son père lui permettra pas de sortir.

– Stella… c'est ta copine de classe qui est en garde alternée, comme toi ?

– Oui, et cette semaine elle est chez son père. Je t'ai déjà raconté comme il est strict, c'est le genre à enfermer toute sa famille quand il sort. Une horreur, ce type !

Juliette avait bataillé ferme pour ne pas perdre la garde de Léa. Maxime avait réclamé le divorce au motif que sa femme assumait mal ses responsabilités de mère, car il était arrivé plusieurs fois que Juliette ne se présente pas à la sortie de la maternelle pour récupérer sa fille. La directrice de l'établissement avait témoigné contre elle, une adulte selon elle peu responsable qui omettait de s'excuser pour ses défaillances. Par chance, avait précisé la directrice, le père était toujours joignable et, chaque fois qu'elle l'avait averti d'une absence de la mère, il avait quitté sur-le-champ son lieu de travail pour se précipiter à l'école. Pourtant, avait-elle observé, le père était astreint à de fortes obligations professionnelles, ce qui n'était pas le cas de son ex-épouse, qui pouvait s'organiser comme elle le voulait.

– Et c'est à quelle heure, ce concert ? demanda Juliette. C'est l'après-midi ?

– Bah non, m'man, on va pas écouter une fanfare au square ! C'est Ti Ji qui passe au New Trianon !

– Ti Ji ?

– Tu connais pas Ti Ji ?

– Non, aucune chance que je le connaisse s'il vient de sortir de l'anonymat pour y retourner le mois prochain. Donc, il se produit le soir ?

– Oui, m'man. J'te répète, il fait pas les goûters.

– Alors non, tu n'iras pas.

– C'est quoi ce nouveau truc ?

– Ça n'a rien de nouveau, ma chérie. Tu ne te rappelles pas ? La dernière fois que tu es allée en soirée, tu n'as pas respecté l'heure de retour. Je me suis fait un sang d'encre jusqu'à trois heures du matin...

– C'était pas pareil, c'était pas un concert, c'était une soirée avec des potes...

– Je n'ai jamais été aussi inquiète de ma vie, tu ne répondais pas à mes messages et tes copains étaient tous sur répondeur, c'était le cauchemar. J'ai failli appeler les flics mais ça n'aurait servi à rien, je ne savais même pas dans quel secteur t'étais.

– Tu t'es mise en stress pour rien, maman, j't'assure. Papa, lui, il aurait gardé son sang-froid.

– Oh ça, je sais, et il me prend toujours pour une hystérique. En fait, il est buté, incapable de voir que les gens changent. Ton père, je l'ai appelé cette nuit-là et il m'a dit de me débrouiller, que c'était ta semaine chez moi et que je ne devais pas le polluer avec mes angoisses. Alors pardon, mais moi je ne sais pas si c'est du sang-froid ou de l'indifférence...

– Je...

– Cette nuit-là, tu devais m'envoyer l'adresse où tu étais et tu ne l'as pas fait. Je n'aurais pu donner aucune indication aux flics pour des recherches.

– Maman, j'ai quinze ans quand même, je suis plus une gosse...

– Oui, mais pas non plus une femme qui sait se protéger, et je reste responsable de toi, en principe avec ton père.

Juliette marqua une pause. Depuis qu'elle avait davantage confiance en elle-même, il n'était plus rare qu'elle affirme son rôle de parent soucieux de cadrer son enfant.

Léa rongeait son frein.

– À la base, reprit Juliette, je te demande seulement de rentrer à l'heure convenue entre nous.

– Convenue entre nous ?

– Je corrige : l'heure que j'ai fixée. Selon un barème raisonnable, une jeune fille de quinze ans rentre chez elle au plus tard à une heure du matin.

– Les copines de mon âge rentrent plus tard qu'à une heure du mat', m'man, j't'assure. T'as oublié quand t'étais jeune ? Tu sais bien qu'une vraie fête, ça commence *à partir* d'une heure du matin.

– Oui, et je sais ce que tu vas me dire : que les autres mères sont plus souples que moi. Tu crois qu'elles sont plus proches de leurs enfants parce qu'elles ont dix ans de moins que moi, c'est ça ?

– Arrête avec ça, maman. Je sais que tu m'as eue à quarante ans et que c'était limite pour toi. Je sais aussi que t'as plus de plomb dans la tête que toutes les autres mères du monde, parce que

165

t'en as vu de toutes les couleurs. Tu m'as dit ça des dizaines de fois.

– Oui, concéda Juliette avec un petit rire de gorge, mais si je ne te le répète pas, comment est-ce que tu pourras y croire un jour ?

– S'il te plaît, maman, implora soudain Léa, pour une fois que j'ai une place gratuite, tu peux pas refuser…

– La prochaine fois, je te dirai sans doute oui, mais cette fois, je vais marquer le coup.

– Tu ne te rends pas compte du tout, l'interrompit sèchement Léa, tu comprends vraiment pas. La prochaine fois y aura pas Ti Ji ! C'est le meilleur, tout le monde l'adore, il y a même des vieux qui viennent l'écouter, et ses concerts sont toujours complets des semaines à l'avance.

– Je croyais que c'était juste pour convaincre le père de Stella de la laisser sortir que tu comptais aller à ce concert…

– Oui, aussi, mais je voudrais pas rater Jackowiak, c'est mon chanteur préféré.

Juliette était devenue livide. On aurait dit que son cœur s'était figé et qu'elle était en train de compter les battements perdus. Elle garda le silence cinq secondes avant d'articuler :

– Tu voudrais pas rater qui ?

– Jackowiak. Oh, maman, faut suivre un peu…

– Qui ?

– Je te l'ai dit : Ti Ji, Thomas Jackowiak, quoi ! Vraiment maman, tu connais pas Ti Ji ! ?

– Ah… Thomas Jackowiak, articula Juliette, dont le visage était devenu parfaitement hermétique.

– Oui, Thomas Jackowiak… Ah, tu vois que tu le connais !

– Je crois, oui. Il a quel âge déjà ?

– Oh, il est majeur, lui. Vingt ans passés. Il joue sa propre musique et signe lui-même ses contrats. T'en fais une tête, dis donc ! Ça te plaît pas beaucoup que quelqu'un d'aussi jeune puisse être une star, c'est ça ?

Juliette gardait son aplomb et calculait. Le petit Thomas pour qui elle avait, dix-sept ans plus tôt, commis une folie, devait à présent avoir vingt-trois ans.

– Tu peux vérifier ? demanda-t-elle en tentant de prendre un ton détaché.

– Quoi ?

– Son âge.

– Pour quoi faire ? Tu veux appeler ses parents pour savoir s'il a le droit de sortir lui aussi ? ironisa Léa.

Juliette sentit tout à coup les veines de son cou palpiter et ses mains devenir moites. Elle eut le plus grand mal à paraître tranquille. *Ses parents ?*

Appeler ses parents ? Elle revoyait le petit Thomas découvert au jardin du Luxembourg, vêtu de son jogging bleu roi avec l'inscription AMIENS MÉTROPOLE en lettres canari, ce garçonnet qu'elle avait emmené en dehors du parc et dont, ignorant encore qu'ils venaient de mourir, elle aurait détesté rencontrer les parents.

– Ne te moque pas, chérie, je voudrais savoir, c'est tout, dit-elle en tamponnant avec un mouchoir de papier son front luisant de sueur. Je m'intéresse…

– Ok, ok, j'ai tout un dossier sur lui si tu veux. Mais maman, faudrait quand même que tu comprennes un jour que l'âge, ça compte pas tant que ça. On peut avoir la tête sur les épaules à quinze ans et dévisser à vingt. On peut aussi perdre la mémoire à cinquante-quatre ans, acheva-t-elle, tendrement taquine, et oublier qu'on a été jeune…

Juliette donnait en partie raison à sa fille : elle avait oublié beaucoup de ce qu'elle éprouvait quand elle était adolescente. Elle se souvenait mieux du poids de Thomas sur sa hanche, quand elle le portait entre deux hôtels parce qu'il était trop essoufflé pour continuer de marcher. Poussant plus loin ses réflexions, elle se rendait compte qu'elle se rappelait plus précisément Thomas à six ans que Léa au même âge. Et elle avait beau songer que c'était d'autant plus normal que c'était le seul âge auquel elle avait connu ce garçon, cela la bouleversait comme une extravagance de sa vie sentimentale.

3

Juliette reconnut, sur les photos de Thomas que Léa lui montrait fièrement dans un coin du salon, le vert tilleul de ses yeux, ombrés de longs cils noirs. La jeune fille semblait heureuse de partager ce moment avec sa mère. Et elle en profitait pour l'amadouer, car l'autorisation d'assister au concert de Ti Ji restait en jeu.

– Puisque tout à coup sa vie t'intéresse, fit-elle en prenant un air un peu grave, Ti Ji est orphelin.

– Ah...

– Son père l'aurait abandonné en plein Paris à l'âge de six ans avant de se supprimer en forêt. Et ce qui est dément, c'est que sa mère est morte dans un accident, avant ou après le suicide de son mari, je sais plus, mais à quelques heures d'écart je crois. Tu te rends compte ?

– Donc il était pupille de l'État, si je comprends bien, éluda Juliette.

– Oui, quelque chose comme ça, on s'en fout...

– Et après ? s'enquit Juliette en déglutissant. Il est tombé dans une bonne famille ?

– D'abord il a été recueilli ou enlevé par une jeune femme, on sait pas. Il aurait vécu avec elle un moment dans une maison près d'un canal.

– Un canal...

– Oui, le genre comme près de chez papy, je crois. Je sais pas où. C'était en France en tout cas.

Juliette avait baissé les yeux. Sa main droite pétrissait nerveusement la gauche. Elle se souvenait des soirées dans les hôtels où elle se cachait avec Thomas. Jamais elle n'avait osé l'embrasser pour lui souhaiter bonne nuit mais, assise sur une chaise près de son lit, elle lui tenait la main avant qu'il s'endorme et se réjouissait qu'il ne la lui retire pas. Pour le bonheur de tels instants, elle savait alors qu'elle avait eu raison contre Marion. Elle avait bien fait de garder cet enfant aux pommettes très blanches, un peu grêle, qui laissait sa main dans la sienne comme s'il acceptait qu'elle le rassure à la manière d'une mère.

– Je crois que personne n'a jamais su qui était cette femme, poursuivit Léa, le regard fixé sur les photos. Apparemment, elle se serait occupée du gosse sans rien demander à personne, le truc dingue quoi ! Et puis un beau jour, elle l'a laissé partir ou alors il s'est perdu dans un magasin, c'est pas clair. Par la suite, des gendarmes ont emmené Thomas le long des canaux de la région où il avait été retrouvé, mais il n'a jamais reconnu la maison, ou alors il n'a jamais voulu la reconnaître.

Juliette regardait l'arrondi de ses baskets, qu'elle avait chaussées comme des mules pour sortir sur le balcon.

– Mais on sait bien quand même s'il reprochait quelque chose à cette personne ?

– Non, il prétend qu'il l'aimait plutôt bien, mais il avait l'impression à l'époque qu'elle ne faisait rien pour retrouver ses parents. Il ne savait pas encore qu'ils étaient décédés.

Juliette gardait le silence.

– Ah... Et plus tard, finit par demander Juliette, il n'a pas cherché à la revoir ?

– Je ne crois pas. Leur relation n'a pas duré bien longtemps, il n'a pas eu le temps de s'attacher à elle ni de lui en vouloir. Finalement, cette femme n'est plus personne pour lui.

Blessée, Juliette décida de concentrer son attention sur le dossier de Thomas, qui était plutôt fourni. Léa y avait réuni des dizaines d'articles et de témoignages.

– Je te l'emprunte, tu permets ? fit Juliette.
– Si toi, tu me permets d'aller au concert…

4

Le dossier de Léa comportait une petite liasse d'interviews de Ti Ji, avec des photos où on le voyait toujours coiffé d'une casquette de base-ball. Dans ces entretiens, Ti Ji dévoilait avec parcimonie les moments importants de son passé; il préférait commenter les étapes récentes de sa jeune carrière, avec quelques réflexions fatalistes. Ses concerts l'épuisaient. Après une heure passée sur scène, il commençait de s'essouffler. Les médecins ne comprenaient pas exactement pourquoi, car il n'était atteint selon eux d'aucune maladie respiratoire. Thomas ne s'inquiétait pas, il n'avait jamais été très bileux; il pensait tout simplement manquer d'endurance. De toute façon, il s'attendait à ce que sa vie d'artiste s'interrompe du jour au lendemain et soutenait que ce serait pour lui sans gravité. Il envisageait d'élever des chevaux avant l'âge mûr ; avec le cachet d'un seul concert, il pourrait acheter sa première jument poulinière.

Il était reconnaissant à ses parents adoptifs de l'avoir sérieusement préparé aux aléas de l'existence. Son père, en particulier, lui avait tôt fait comprendre que personne n'était à l'abri d'un revers de fortune, qu'il fallait toujours se tenir prêt à changer de vie et qu'un échec pouvait finalement, contre toute attente, devenir une chance d'embellir son destin. Il en avait lui-même fait l'expérience seize ans plus tôt, après avoir été destitué des fonctions qu'il occupait, à un rang élevé, dans une société de sécurité contre l'incendie.

Cinquième partie

1

Peu de temps après son licenciement, Thierry Mouquet avait reçu l'aide d'une ancienne collègue de Carboteknica, elle-même congédiée peu avant lui. Quand le comité de direction avait eu à se prononcer sur un éventuel renvoi de la jeune femme, qui pourtant occupait avec probité le poste de responsable des achats, Mouquet avait été le seul dirigeant à s'y opposer. Il avait pris le risque de s'aligner sur la position des délégués du personnel pour la défendre. Quand, plus tard, celle-ci eut appris qu'il avait été lui aussi remercié, elle l'avait aussitôt contacté pour lui proposer de gérer avec elle une petite société qu'elle venait de fonder et qui proposait la location de bateaux-promenade sur le canal du Midi. Contrairement aux employés dont Thierry Mouquet avait sans aucun calcul endossé les erreurs, et en vain attendu de leur part un signe de gratitude tout au long de son dernier jour de travail, cette ancienne collègue lui avait spontanément tendu la main. Et tous deux n'avaient jamais eu qu'à s'en féliciter. La petite entreprise de location était saine et florissante et ses deux gérants vivaient ensemble une belle amitié professionnelle. Thierry s'était guéri de la vanité de porter au veston le ruban de l'ordre national du Mérite. Il n'était plus avide de reconnaissance comme encore une année auparavant, quand il disputait son prestige au directeur des affaires publiques de Carboteknica. Ainsi, quand *Sud Ouest* l'avait approché pour réaliser un reportage sur le tourisme fluvial, il avait aussitôt recommandé au journaliste d'interviewer son associée plutôt que lui-même. Il était plus détendu, davantage enclin à plaisanter, plus enthousiaste et dynamique. Il songeait de moins en moins à Juliette qui, en le quittant brusquement, l'avait finalement davantage déconcerté que rendu malheureux.

2

Après le départ de Juliette de la rue Lacretelle, Marion n'avait cessé de réfléchir au moyen de ne pas être considérée complice d'un rapt, sans pour autant devoir dénoncer sa meilleure amie. Elle n'en avait encore trouvé aucun lorsqu'elle appela le père de Juliette. Elle n'avait pas eu de ses nouvelles depuis les obsèques de Jeanne, commença-t-elle par regretter au téléphone en se retenant de pleurer. Réussissait-il à surmonter l'épreuve? Luc-Émile répondit que Juliette l'y aidait depuis qu'elle l'avait rejoint en Sologne. Elle prenait du temps pour lui et cela le réconfortait.

– Mais elle ne restera pas ici éternellement, ajouta-t-il, résigné. Le spectacle du canal, c'est barbant pour une jeune femme comme elle. Et elle n'a jamais aimé autant que toi pêcher la carpe...

– Elle est chez vous avec un petit garçon ? l'interrompit Marion, pressée d'en arriver au sujet qui la tourmentait.

Il y eut un silence de trois secondes. Contant sa petite histoire selon laquelle Juliette était descendue en Sologne simplement pour lui tenir compagnie, Luc-Émile en était presque venu à y croire lui-même.

– C'est ça ? insista Marion d'une voix ferme. Vous avez un petit garçon chez vous ?

Le vieil homme ne craignait aucune indiscrétion de la part de Marion, dont il savait qu'elle serait toujours une alliée de la famille. Il soupira.

– Non… plus maintenant.

– Ah, elle l'a renvoyé… enfin, rendu… ?

– Pas exactement.

– Juliette vous a dit qui il était pour elle ?

– Pas tout de suite en arrivant, mais il a bien fallu qu'elle le fasse.

– Et c'est vous qui l'avez convaincue de le rendre ?

– Elle ne l'a pas rendu.

– Je ne comprends pas, vous disiez qu'il n'était plus avec vous deux…

– Marion, je peux te faire confiance pour garder un secret ?

– Oui, Émile. Nous avons échangé tous les deux plein de confidences quand je venais en vacances d'été en Sologne…

– C'est vrai.

– Vous me disiez de ne pas les répéter à Juliette, que ce ne serait pas très grave si je le faisais, mais beaucoup mieux si je ne le faisais pas.

– Oui, je m'en souviens.

– Et j'ai toujours tenu ma langue.

– Je le reconnais.

– Alors, l'enfant, il s'appelle bien Thomas ?

– Oui.

– Pour résumer : il est venu à Lamotte, il n'y est plus, mais Juliette ne l'a pas rendu… Émile, pardon si je suis trop directe, mais elle vous a bien dit qu'elle l'avait enlevé ?

Luc-Émile restait évasif, mais il connaissait assez Marion pour savoir qu'il ne pourrait pas raccrocher avant de l'avoir éclairée.

– Juliette m'a expliqué comment elle l'avait trouvé, mais elle tardait à prendre une décision pour la suite, alors j'ai pris des dispositions à sa place, sans qu'elle le sache, pour arranger la situation. Aujourd'hui, elle sait seulement que Thomas s'est perdu à Orléans et que les gendarmes l'ont retrouvé. Et elle s'attend à ce qu'on vienne l'arrêter ici. Mais ça n'arrivera pas, je crois.

– Je n'y comprends rien, qu'est-ce qui s'est passé ?

– J'ai réglé la question avec Thierry Mouquet.

– Thierry Mouquet ?

– Son ex-petit ami.

– Ah oui, il est venu chez moi pour m'interroger sur Juliette. Il regrettait qu'elle l'ait laissé tomber sans explications. J'ai prétendu que je n'avais plus de nouvelles d'elle. Je crois qu'il m'a crue.

– Oui, sans doute, c'est mon ancienne gardienne d'immeuble à Paris qui l'a mis sur la voie de Lamotte-Beuvron.

– Et Thierry vous a appelé ?

– Non, il a préféré faire le chemin jusqu'ici… Un soir, Thomas était sorti de la maison sans qu'on s'en aperçoive, Juliette et moi. En allant le chercher dehors, je suis tombé sur Thierry qui discutait avec lui. Il voulait savoir si Juliette était avec moi et la voir, mais je lui ai dit que je voulais d'abord avoir une discussion avec lui, sur un sujet grave.

– L'enlèvement ? Il n'avait pas reconnu Thomas ce soir-là ?

– Si, mais sans savoir qu'il était porté disparu.

– Pourtant on le voit un peu partout sur les murs : dans les gares, les mairies…

– En fait, il se souvenait de l'avoir vu chez toi, mais il n'avait pas fait le lien avec l'enfant abandonné. Juliette avait habitué le gosse à porter une casquette sur la tête même à la maison, alors ça fait une différence avec les affiches où il est tête nue.

– Donc c'est vous qui…

– Oui, je lui ai raconté dans quelles circonstances Juliette avait pris Thomas en charge.

– « Pris Thomas en charge », vous pensez que c'est l'expression qui convient ?

– En tout cas, c'est celle que j'emploierai toujours… pour défendre ma fille.

Marion se radoucit :

– Je comprends. Et comment Thierry a-t-il réagi ?

– Il n'a pas eu l'air très surpris. Il m'a dit qu'elle lui avait faussé compagnie à leur retour de Malte, et qu'il savait depuis lors combien elle était imprévisible.

– Et c'est ce qu'il lui a dit à elle aussi finalement, qu'elle était imprévisible ?

– Non, il ne l'a pas vue, il y a renoncé. Mais il m'a tout de suite proposé de la tirer d'affaire à son insu. Il improvisait vite, il m'a assez impressionné, je dois dire. Il était très calme et il a échafaudé un plan en un instant.

– Lequel ?

– J'ai ta parole, Marion ?

– Oui, la même que tout à l'heure.

– C'était un plan très simple. Nous voulions confier l'enfant aux services sociaux en brouillant les pistes qui auraient pu remonter jusqu'à Juliette. Alors j'ai emmené le gamin à la Fnac d'Orléans, je l'ai laissé devant un film dans le coin des télés et j'ai alerté un vendeur pour qu'il fasse venir la police. Ensuite, je me suis éclipsé et Thierry Mouquet est resté pour vérifier à distance qu'on emmenait bien le gamin. Il nous avait suivis, bien sûr, depuis Lamotte-Beuvron, il était dans le train et aussi dans le tramway que nous avions pris, Thomas et moi, pour nous promener dans la ville.

Marion avait été rassurée au sujet de l'enfant. Elle gardait un peu de rancune contre Juliette, mais elle était soulagée que sa fuite en avant ait été stoppée par son père. Ce que Luc-Émile venait de lui rapporter avait encore renforcé son affection pour l'homme protecteur qu'il était. Elle savait depuis longtemps qu'elle aurait aimé l'avoir pour père et se sentait à présent encore plus cruellement frustrée que ce ne fût pas le cas. Ce court échange l'attristait infiniment. Le vieil homme lui manquait. Il lui faudrait bientôt lui rendre visite en Sologne.

– J'ai dû prendre ma décision à l'insu de ma fille, ajouta Luc-Émile, mais je ne le regrette pas. Il n'était pas souhaitable qu'elle soit responsable de ce gamin. Pas avec sa maladie.

– Thomas n'est pas malade. Il a du mal à respirer parfois, mais je ne crois pas que ce soit une maladie.

– Je ne te parle pas de Thomas, mais de Juliette : tu la connais depuis plus de vingt ans, tu as bien fini par remarquer...

Marion ne comprenait pas. Elle écoutait avec une attention décuplée Luc-Émile, qui poursuivait comme s'il évoquait un phénomène largement connu des proches de sa fille.

– Sa maladie se traite, on arrive à la stabiliser. Elle ne prive pas Juliette des activités d'une personne normale. Et heureusement, elle travaille en indépendante, sans collègues qui pourraient remarquer ses sautes d'humeur. Mais je crois qu'on guérit difficilement de ce mal. C'est pourquoi je dois continuer d'y prêter attention. Tant que je serai vivant, je devrai surveiller Juliette, qu'elle le veuille ou non.

Marion, bouche bée, pressait l'écouteur contre son oreille en regardant fixement une plinthe de son salon.

– Il faut arrêter de penser qu'elle fait juste des caprices, poursuivait Luc-Émile, ou que c'est une originale. C'est ce que Jeanne voulait croire, et c'est ce que je lui ai laissé croire, mais hélas, Juliette est atteinte d'un mal plus pernicieux...

– Non, réagit Marion désorientée, elle est comme ça, Juliette : un jour on la voit pleine d'entrain, elle ne tient pas en place, et un autre elle broie du noir, elle ne veut voir personne. Il y a plein de gens comme ça…

– Pour Juliette, l'interrompit le vieil homme, c'est plus grave que ça. Elle peut passer une quinzaine de jours incroyablement excitée, sans ressentir aucune fatigue, sans avoir vraiment besoin de manger ni de dormir, son cerveau bout, elle prend des risques, elle ôte tous les freins et ensuite… elle tombe pendant des jours dans une espèce d'atonie suicidaire.

– Je n'ai jamais vu Juliette dans un état pareil !

– Non, c'est vrai, tu as pu la voir dans ses périodes maniaques mais jamais quand elle sombrait, parce que, alors, elle se tenait à l'écart et ne donnait pas de nouvelles.

– Des périodes maniaques ? Je ne comprends pas.

Luc-Émile avait maintenant la bouche sèche, les larmes au bord des yeux. Il reprit d'une voix faible.

– Oui, des périodes maniaques : celles où les bipolaires se lâchent… pour dire les choses un peu bêtement. Ils sont comme exaltés. Par exemple, quand Juliette a rompu brutalement avec Thierry ou quand elle a embarqué Thomas avec elle, elle était certainement dans une phase de ce genre.

– Vous dites les bipolaires… Mais Juliette n'est pas…

– Si, on a mis du temps à le diagnostiquer mais elle l'est.

– C'est n'importe quoi.

– Non, c'est la vérité. Il semble qu'elle le soit depuis l'âge de vingt-cinq ans à peu près.

– Je ne comprends pas, je connais Juliette depuis plus longtemps que ça, j'aurais bien vu...

– Non, pas plus vite que ses parents, ma gentille Marion, pas plus que son médecin de famille. Il n'y a qu'une poignée de spécialistes qui savent dépister ça. Il a fallu du temps avant qu'elle commence à se soigner.

– Mais quand même...

– Je vais raccrocher, ma petite Marion, j'ai beaucoup trop parlé. Repense à ton amie à la lumière de ce que je viens de te dire, à toutes ses frasques qui ont pu t'agacer. Et surtout, prends soin de toi, tu sais que je t'aime beaucoup.

Quand le vieil homme eut mis fin à la conversation, Marion s'affala dans son canapé et commença de songer aux joyeuses promenades qu'elle faisait avec lui et Juliette dans les forêts du Loir-et-Cher.

Pendant leurs vacances d'été, Luc-Émile aimait guider les deux jeunes filles à travers les friches de bruyères, en leur crochetant le bras quand il fallait les aider à gravir un talus sablonneux. Il les emmenait découvrir les chouettes chevêches qui se blottissent dans toutes sortes de cavités : dans les trognards de chênes verdis de lichen, les éboulis de pierres ou les terriers de lapins. C'était leur but : débusquer la chevêche d'Athéna et soutenir son regard jaune impassible, où sommeille la cruauté atavique du rapace.

Marion ne souhaitait pas se souvenir des premières foucades de son amie, ni essayer de se rappeler à quelle époque sa maladie avait pu commencer de se manifester. Elle préférait se souvenir de ce qu'elle avait d'abord pensé de Luc-Émile, du changement progressif de ses propres intuitions à son sujet et de ses sentiments pour lui. Au tout début de ses premières vacances chez les Harlay, Luc-Émile lui était apparu comme un homme plutôt sombre et assez déplaisant. Il l'avait pas mal impressionnée lors d'une partie de pêche où elle l'avait vu tuer les poissons qu'il sortait de l'eau, en enfonçant son pouce dans leur vessie natatoire, graduellement, jusqu'à la percer. Elle avait alors douze ans et était fort émotive. Les hommes la mettaient mal à l'aise, à commencer par son père, un enseignant en ingénierie mécanique strict et sinistre, raisonneur, incapable d'engager une conversation avec quiconque sans vouloir le dominer ou contester la plus anodine de ses opinions. Marion se souvenait qu'il imposait à toute la famille de prendre ses repas en écoutant les actualités à la radio, mais qu'il n'autorisait personne d'autre que lui-même à les commenter. Il avait toujours raison sur tous les sujets et contre tout le monde. Marion avait longtemps désespérément cherché des motifs de l'aimer, mais elle n'en avait trouvé aucun qui lui parût naturel. Elle était certaine qu'il ne l'avait jamais prise dans ses bras, persuadée même qu'il n'avait jamais posé la main sur les boucles de ses cheveux. Il lui pinçait parfois le menton entre le pouce et l'index pour l'obliger à l'écouter pérorer : c'était le seul contact physique qu'il lui semblait avoir jamais eu avec lui, un contact qui lui brûlerait toujours la mémoire. La froideur de son père l'avait mal disposée à l'égard du genre masculin en général, et sans doute était-ce pour cela qu'elle s'était d'abord méfiée du père mutique de Juliette. Mais son opinion s'était progressivement modifiée après que, le surlendemain matin de son arrivée en Sologne, Luc-Émile lui eut demandé d'une voix infiniment douce si elle avait bien dormi. Marion était assise dans la cuisine et tenait entre les mains, à la hauteur du menton, un bol de lait large comme une jatte, où baignaient des pétales de blé au chocolat. La bouche pleine, elle avait répondu en hochant la tête un peu comiquement. Sans dire un mot, mais en prenant un air débonnaire, Luc-Émile avait alors affectueusement effleuré sa joue, de ses

191

doigts tendres et pourtant calleux. Émue, Marion avait enfoui son visage dans le bol pour cacher ses pommettes qu'elle sentait s'échauffer et elle était restée ainsi un long moment.

– Dis donc, c'est ce qu'on appelle finir son petit-déj', avait dit Juliette pour la taquiner.

Alors Marion avait baissé le bol, découvrant son amie qui s'amusait de son émoi en la regardant tendrement. Après un court silence, elles avaient pouffé de rire un peu nerveusement, toutes deux excitées d'être ensemble, liées par une complicité qui, chaque jour, grandissait un peu plus. Et avec, devant elles, tout un programme de distractions et de plaisirs à partager.

Ensuite, par degrés, Marion avait perçu toute la sensibilité du maître de maison, son attention aux autres, sa profonde affection pour Jeanne et Juliette et son amour de la nature. Elle se souvenait encore de ce qu'il disait de la vie des végétaux : sans bouger de son point d'enracinement, un arbre était capable de stimuler la sexualité d'un congénère distant de plusieurs kilomètres. Dépourvu de cerveau, il utilisait pour y réussir celui des insectes. Il gouvernait la pluie et prédisait les séismes. Il avait ses échanges personnels avec le ciel, les marées ou encore les champignons du sol, qui pompaient pour lui l'eau dont il avait besoin et recevaient de lui leurs réserves d'énergie.

Marion ne se lassait pas d'écouter Luc-Émile quand, enfin décidé à discourir un peu, il décrivait la beauté de sa région natale. Elle s'étonnait dans le même temps que Juliette ne soit pas aussi captivée qu'elle.

Sixième partie

1

Thomas avait réglé son premier enregistrement en studio avec l'argent que son père avait glissé dans une poche de son pantalon, avant de le hisser sur le dos d'un poney, au jardin du Luxembourg, puis de disparaître. Il n'avait jamais touché à cette somme jusqu'à ses seize ans. Les premiers temps en Sologne, il gardait les billets constamment sur lui, comme un témoignage d'amour dont il protégeait le secret. Ils étaient pour lui le signe puissant que son père n'avait pas réellement voulu l'abandonner. Puis, les années passant, il leur avait trouvé des cachettes successives d'où il les retirait de temps en temps pour les regarder, quand il était assuré de ne pas être dérangé. Il essayait alors de recomposer dans sa mémoire le visage de son père le jour où il l'avait soustrait à sa mère à la sortie de l'école, puis le lendemain à Paris, mais il y réussissait chaque fois moins bien.

Depuis le début de l'adolescence, il faisait régulièrement le même cauchemar. Il se promenait en compagnie de son père le long du canal de la Sauldre. Dans ce songe amer, il tombait à l'eau en tenant sous le bras une plaque qui portait son nom en lettres écarlates, comme celui d'un artiste au fronton d'un music-hall. Son père s'avançait aussitôt vers lui, le bras tendu, mais sans se pencher du tout ni faire aucun mouvement pour le tirer de l'eau. Thomas essayait alors d'utiliser la plaque comme une planche de salut, mais celle-ci ne faisait que l'entraîner vers le fond vaseux du canal. Son père, dont il ne voyait bien que les yeux brûlants, ne quittait pas la plaque du regard, sans accorder la moindre attention à ses efforts désespérés pour remonter à la surface. Comme sous hypnose, il la fixait sans esquisser un mouvement pour l'empêcher de disparaître, puis il tournait les talons. Thierry apparaissait alors pour venir à son aide. Il le sortait de l'eau avec des gestes calmes et précis.

Thomas savait que Thierry Mouquet ne faisait qu'un avec l'homme qui jadis avait commenté pour lui le vol des chauves-souris, mais il s'était toujours abstenu d'évoquer avec lui leur rencontre près du canal. Cependant, il avait appris par Luc-Émile que cet homme, qui plus tard l'adopterait, avait vécu assez longtemps avec Juliette et que c'était pour la récupérer qu'il était venu ce soir-là jusqu'en Sologne.

Quant à Luc-Émile, Thomas n'avait jamais soupçonné qu'il avait pu l'abandonner à la Fnac d'Orléans, et encore moins qu'il avait, ce faisant, obéi à la suggestion de Thierry. De toute façon, il n'était pas suffisamment pessimiste pour admettre qu'on avait pu par deux fois le perdre délibérément.

En revanche, Thomas savait quels efforts obstinés Thierry avait dû déployer pour l'adopter avec son épouse Margaux, une quadragénaire pétulante qui gérait une agence de voyages à Toulouse.

Margaux était entrée dans la vie de Thierry en tant que cliente, circonspecte. Elle avait souhaité tester une croisière à bord d'un de ses bateaux et, avant de la proposer dans son catalogue, Mouquet l'avait rejointe à Agde pour aborder une écluse ronde et ils avaient assisté là à l'abattage de dizaines de platanes attaqués par le chancre coloré, un champignon tueur qui depuis quelques années faisait des ravages sur les berges du canal du Midi. Ce fléau avait nourri leur conversation un bon moment. Margaux s'inquiétait de l'avenir des croisières fluviales dans la région pendant les quatre ou cinq décennies qui suivraient la coupe des platanes malades, c'est-à-dire tant que la voûte arborée ne se serait pas reformée au-dessus du canal. Mais, pour sa part, Thierry assurait que le patrimoine bâti sur les berges continuerait, lui, d'attirer du monde. Satisfait de sa reconversion dans un métier qui le mettait en contact avec des artisans, des jardiniers, des éclusiers, il citait avec enthousiasme les arches de l'épanchoir de l'Argent-Double, l'aqueduc de l'Orb, l'échelle d'écluses de Fonserannes ou encore les moulins à eau qui jadis actionnaient des meules à céréales. Souriante, Margaux écoutait attentivement Thierry, qui ainsi se sentait encouragé à poursuivre son énumération, mais demeurait assez concis pour ne pas risquer d'ennuyer la jeune femme avec trop de détails techniques. Il avait suffi de quelques heures ensemble à bord du bateau pour que Margaux et Thierry se plaisent et désirent se revoir. Une année plus tard, ils fêtaient en petit comité leur mariage au port Saint-Sauveur de Toulouse, sur un bateau de plaisance ancré là en hivernage.

À cette époque, grâce à d'anciens camarades des Ponts et Chaussées parvenus à des postes importants de la fonction publique, Thierry obtenait régulièrement des informations sur le devenir de Thomas et, parmi elles, des précisions sur la qualité de ses relations avec ses familles nourricières successives. Il avait été bouleversé, à la Fnac d'Orléans, de voir la police emmener le gamin et s'était longtemps maudit d'avoir conseillé à Luc-Émile de l'abandonner là. Depuis lors, il se considérait comme personnellement responsable du destin de Thomas. Il se disait qu'il serait toujours lié à ce garçon, que Luc-Émile le serait aussi et qu'il ne lui faudrait jamais rester longtemps sans nouvelles ni de l'un ni de l'autre.

Il n'avait pas encore rencontré Margaux quand il apprit que la grand-mère de Thomas avait vendu sa demeure du Crotoy pour s'installer dans une résidence sénior des Pyrénées-Orientales. Il avait alors soupçonné la vieille dame d'avoir précipité son départ pour ne pas devoir accueillir son petit-fils chez elle.

Ce doute l'ayant beaucoup tourmenté, il n'en voulut que davantage encore entourer l'enfant de toutes les protections possibles. Sur le point de se marier avec Margaux, il lui demanda si elle était prête à adopter Thomas avec lui. Elle lui répondit oui, mais à la condition toutefois que le garçon lui plût quand elle le rencontrerait. Elle n'avait pas eu d'enfants ni jamais souhaité en porter un, mais elle aimait l'idée de se découvrir un fils à un âge où il attacherait lui-même ses lacets, pourrait sans retenue lui lancer des plaisanteries et de temps en temps se pendre à son cou sans prévenir. Elle eut d'emblée un coup de cœur pour Thomas quand elle le vit la première fois, le visage radieux, d'humeur joyeuse, auprès d'un couple de maraîchers percherons qui en avait alors la responsabilité et qui savait, tout en le gardant sous bonne surveillance, travailler sans stress sous les serres.

Deux ans après l'obtention de l'agrément officiel d'adoption, qu'ils reçurent aussi comme la gratifiante reconnaissance de leurs mérites personnels, Margaux et Thierry eurent le bonheur d'accueillir Thomas chez eux. Le jeune garçon avait apprécié le couple dès leur première rencontre et c'était lui le premier qui avait demandé à dormir une nuit chez Margaux et Thierry. Il avait alors onze ans, un incroyable ascendant sur ses camarades d'école (alors même qu'il se tenait à l'écart de leurs jeux physiques) et un sérieux pouvoir de séduction sur les adultes. Rien dans son attitude ne laissait deviner qu'il avait vécu, cinq ans plus tôt seulement, deux cavales absurdes qui s'étaient chacune soldées par un abandon.

2

Quand Luc-Émile mourut, peu après le seizième anniversaire de Thomas, Juliette ne lui en voulait plus depuis longtemps déjà d'avoir abandonné l'enfant à Orléans. Elle s'accusait plutôt de l'avoir, à l'époque, entraîné contre son gré dans une folie, en débarquant chez lui sans prévenir avec un gamin de six ans. Elle s'attristait aussi de ne pas avoir réussi à l'enterrer près de sa maison comme il le lui avait demandé. Quand elle avait appris sa mort, elle s'était souvenue de son vœu et avait prévu de l'exaucer en plaçant la sépulture sous le cèdre candélabre. Légalement, rien ne s'y opposait. L'arbre était distant de plus de trente-cinq mètres de la plus proche habitation, suffisamment éloigné de la ville, et un hydrogéologue pouvait attester que l'inhumation du corps à cet endroit ne présentait aucun risque de contamination des eaux souterraines. Une seule condition n'était pas remplie : l'apport de la preuve que Luc-Émile avait bien, de son vivant, exprimé le souhait d'être enterré dans sa propriété privée. Juliette eut beau insister jusqu'à faire toute une matinée le siège du cabinet du préfet, rien n'y fit, et elle dut se résoudre à enterrer son père face au parc équestre, dans le cimetière pauvrement arboré de Lamotte-Beuvron.

Dressant le bilan de sa vie d'adulte, Juliette s'apercevait qu'elle n'avait jamais réussi grand-chose, à part aimer ses parents ou garder des journées entières un gamin dans des chambres d'hôtel sans téléviseur. Elle s'était séparée sans avertissement de Thierry Mouquet qui, s'il n'avait pu lui donner d'enfant, lui avait pourtant constamment témoigné sa profonde affection. Puis elle s'était mariée avec un de ses clients qui ne se montrait jamais aussi prolixe et vivant que lorsqu'il parlait des systèmes anti-feu de sa tour de Puteaux. L'homme s'était rapidement révélé décevant, la délaissant souvent la nuit pour consulter sur internet les sites des amicales de pompiers du monde entier. C'était lui cependant qui avait réclamé leur séparation et, sans être un père très attentionné, il avait obtenu le partage à égalité de la garde de sa fille. Juliette n'avait jamais non plus parfaitement réussi sa carrière de mère, échouant le plus souvent à imposer à sa fille les nouveaux contours de sa liberté. Léa connaissait sa faiblesse et mordait sans arrêt le trait.

Juliette pensait souvent à son père et se reprochait de s'être éloignée de lui les dernières années de son existence. Elle aurait tant aimé l'entendre encore lui parler, de la voix rassurante qu'il avait jadis quand il lui pardonnait ses bêtises d'enfant. Si elle l'avait su, elle ne lui en aurait pas voulu d'avoir caché à Thomas l'existence de Léa et à Léa celle de Thomas. Car il était pour l'un comme pour l'autre, partageant son temps avec équité, un grand-père disponible et bienveillant qui emmenait Thomas à la pêche l'été, au bord du canal de la Sauldre, et Léa au parc équestre de Lamotte-Beuvron pour y monter des poneys shetland. Thomas séjournait chez lui en juillet et Léa en août. Ils ne se croisaient jamais.

Thierry prenait ses vacances en août avec son fils adoptif. Il l'emmenait naviguer sur un de ses bateaux et en profitait pour garder un œil sur les autres embarcations de sa petite flotte. Juliette, elle, prenait ses congés en juillet, pour démarcher en août dans les centres de vacances les acheteurs potentiels de ses équipements contre l'incendie.

Juliette n'avait pas revu Marion depuis son départ de la rue Lacretelle. Par moments, cela l'attristait profondément. Son amie avait davantage compté dans sa vie qu'un Maxime. Elle s'en voulait de ne pas l'avoir invitée à son mariage et surtout regrettait que cette omission ait pu tant chagriner son père. Il lui était arrivé depuis de composer le numéro de Marion, en s'apprêtant à s'excuser pour son long silence, mais elle avait chaque fois raccroché à la première sonnerie. La distance entre elles s'était trop creusée. Tout mouvement de l'une vers l'autre aurait paru, sinon insincère, tout au moins incongru. Elle ignorait donc que Marion, à la quarantaine, avait rencontré un homme de son âge qui, sans cependant promettre d'union durable, l'accueillait chaque week-end en Bretagne dans une longère de granit. Marion avait borné entre ces murs épais sa vie amoureuse et renoncé à ses escapades dans les grandes métropoles d'Europe. Elle ne quittait plus Paris que pour rejoindre certains vendredis soir le Breton dans son repaire et gagner en juillet la Sologne, où elle passait toujours une quinzaine de jours en compagnie de Luc-Émile et de Thomas.

Ils pêchaient tous les trois ensemble, en évitant soigneusement de parler de Juliette. Thomas parce qu'il n'aurait rien eu à en dire, Luc-Émile parce qu'il recevait assez rarement de ses nouvelles et Marion parce qu'elle n'en avait plus la moindre.

Septième partie

1

Comme Marion lorsqu'elle avait vu la première fois Luc-Émile tuer des poissons en enfonçant les pouces dans leur vessie, Thomas s'était
effrayé quand il l'avait surpris dans son garage
en train d'assommer une fouine d'un coup de
bûche. L'animal gîtait habituellement dans les
combles où on l'entendait souvent en pleine nuit
remuer bruyamment, mais Luc-Émile n'avait
jamais semblé s'en émouvoir ni songé à le délo-
ger. Thomas pensait alors que la fouine, avec sa
fourrure blanche sur le poitrail et le haut des pat-
tes, lui plaisait autant qu'à lui.

Cependant, quand Luc-Émile découvrit un
matin le petit mammifère sous le capot de sa voiture, avec, entre les dents, un câble électrique
qu'il venait de cisailler, il l'empoigna fermement

et l'étourdit avant de l'enfermer toute une journée dans le bûcher, «pour lui apprendre».

Cette scène restait nettement imprimée dans
la mémoire de Thomas. Il la revoyait souvent, de
manière inopinée, et surtout maintenant que
Luc-Émile, l'épaule un peu raide, lui demandait
de lancer pour lui des bâtons vers le cresson
jaune au milieu des étangs. Thomas aimait cet
homme sous tous ses visages : le pêcheur qui
salit ses pulls en préparant des bouillettes ou
en ébarbant les poissons et le Solognot madré
qui compose avec les fouines, acceptant de
les héberger tant qu'elles dératisent le grenier
mais les chassant quand elles s'attaquent aux
circuits électriques.

2

Au cours de ses promenades avec Marion le long du canal de la Sauldre, Thomas emportait le marron d'Inde qu'il avait ramassé dans le jardin du Luxembourg le jour où son père l'y avait abandonné. Il le serrait fort dans sa main quand il s'apprêtait à se confier à la jeune femme, comme il aimait le faire assez souvent. Un soir de ses quinze ans, tandis que la lumière faiblissait et donnait au canal une couleur de schiste argileux, il cessa soudain de marcher et s'assit sur la berge en invitant son amie à s'installer tout près de lui.

– Tu es fatigué ? s'inquiéta Marion. Toujours ce problème de souffle ?

– Non, pas du tout, je veux juste te parler de quelque chose, quelque chose que je veux faire.

– Tu peux bien me parler en marchant, observa-t-elle. Encore quelques minutes et on ne verra plus où on pose les pieds. C'est peut-être pas une bonne idée de s'arrêter.

Thomas leva les yeux vers sa marraine de cœur. La regarder le rassurait, lui donnait même parfois du courage. Il aimait sa gaieté franche, devenue avec la maturité un état courant, et le choix de ses vêtements, toujours très colorés, qui tombaient avec souplesse sur ses formes épanouies.

– Dans quelques minutes, si on marche, objecta-t-il, on sera arrivés chez Luc et on ne pourra plus parler tous les deux. Reste ici avec moi, j'ai quelque chose à te dire.

– Quelque chose que Luc-Émile ne doit pas entendre ? Tu veux lui faire une surprise, un cadeau ?

– Non, fit l'adolescent en souriant, je lui en fais pas tout le temps, des cadeaux.

Thomas adorait le vieil homme et les mois de juillet chez lui. Il aimait lui écrire des mots affectueux et lui acheter pour presque rien des bibelots dans les vide-greniers. C'est ainsi qu'il le remerciait de l'emmener découvrir les tapis floraux sous le couvert boisé, les faisans nouveau-nés dans les volières d'élevage et aussi les mares innombrables et les vestiges du passé palustre de la région.

Marion accepta de s'asseoir et, lissant sur ses jambes sa jupe fuchsia :

– Voilà, je t'écoute.

– J'ai envie d'un tatouage, mais je ne veux en parler ni à mon père, ni à ma mère, ni à Luc.

– Bon Dieu, cette mode ne finira jamais, ironisa Marion en songeant qu'elle regrettait de s'être fait tatouer sur le bras la même tulipe rouge que Juliette, lors d'une virée à Orléans, quand elles étaient encore adolescentes. Personne alors ne lui avait recommandé de préférer une partie du corps, l'épaule ou la cheville, où la peau resterait mieux tendue au long des années. À l'époque, elle était fière de présenter sa peau nue décorée d'une fleur, mais à présent que ses membres avaient épaissi, déformant la tulipe, elle s'en repentait.

– Et tu le voudrais où, ce truc ? demanda-t-elle à Thomas.

– Oh, à l'intérieur du bras… Un dessin discret, on le verrait à peine.

– Bon, s'il est petit et un peu caché, c'est un moindre mal, mais tu sais que c'est pour toujours, un tatouage, et qu'il devra donc te plaire encore dans trente ans ?

– Ça je sais, c'est bien pour ça que je le veux.

– Et pourquoi tu hésites à en parler à tes parents ? Tu crains de ne pas avoir leur permission ?

– Oh, je peux m'en passer. Une fois mon bras tatoué, ils seraient bien obligés de faire avec.

– Vraiment, t'es sérieux ?

– Non, parce que je ne veux pas leur faire de peine.

– Pourquoi tu leur ferais de la peine, à cause du dessin ?

– Oui… Enfin, ce serait pas un dessin, je pensais plutôt à des chiffres.

– Des chiffres ? Pas le code d'un gang quand même ?

– Non…

– Alors quoi ?

Thomas rougit un peu.

– Les dates de la mort de mes parents.

Marion restant bouche bée, Thomas précisa :

– Enfin, tu sais : mes parents d'avant.

Marion était sidérée. Elle ne savait pas quelle attitude prendre ni quel conseil donner. Le temps passant, elle avait oublié que Thomas avait vécu jusqu'à l'âge de six ans avec ses parents biologiques. Elle se rendait compte qu'elle ne s'était jamais vraiment demandé à quel point ceux-ci l'avaient chéri, ni combien ils avaient pu lui manquer. En revanche, elle était consciente qu'elle et Thomas considéraient aujourd'hui comme son père un homme qui n'était pas de sa famille. Elle se plaisait à recevoir l'affection de Luc-Émile comme Thomas celle de Thierry. Tous deux s'en réjouissaient : Thomas parce qu'il avait été brutalement privé d'amour à la disparition de ses parents et Marion parce qu'elle en avait toujours attendu en vain de la part des siens.

– Tu comprends, Marion, reprit un peu craintivement Thomas, ce serait discret, ça ferait juste une petite série de huit chiffres. J'ai bien calculé : deux chiffres pour le jour où ma mère est morte, deux pour celui de mon père, et puis chaque fois les deux mêmes pour le mois et l'année.

– Écoute, Thomas, fit Marion en élevant un peu la voix, ce genre d'inscription, c'est plutôt pour les pierres tombales. La mort de tes parents est sûrement une blessure intime pour toi, pas quelque chose que tu devrais exhiber.

– Mais puisque je te dis que ce serait tatoué tout petit à l'intérieur du bras !

– Ce n'est pas plutôt en toi que tu dois garder ça ? Si tu te tatoues des chiffres, on te demandera forcément à quoi ils correspondent, des gens qui ne te connaissent pas te le demanderont. Oui, ça tu peux compter sur le premier venu pour te poser la question. Mais crois-moi : on se moquera bien de ta réponse et ça pourrait te rendre malheureux.

– Je ne le dirai qu'à mes proches.

– Pour réveiller leur peine ?

– Mes parents d'aujourd'hui n'ont pas connu mes parents d'avant. Ça ne leur a jamais fait de peine qu'ils soient morts.

– Mais ça leur en fait sûrement quand ils se rappellent comment tu t'es retrouvé orphelin, même si ça fait longtemps que tu ne l'es plus.

Marion était sur le point de conseiller à Thomas d'aller plutôt porter sur la tombe de ses parents un message ou une fleur, mais elle se ravisa. Peut-être le jeune garçon l'avait-il déjà fait et, si tel n'était pas le cas, elle ne voulait pas lui inspirer ce devoir ou lui donner le remords de n'y avoir pas songé.

– Tu dois réfléchir, mon Thomas. Attends tes dix-huit ans, tu sauras mieux quel sens profond ça aurait pour toi de porter ces dates sur ton bras.

– Tu dois avoir raison, ou alors le mieux serait que j'arrête de réfléchir, je veux dire de penser à eux.

– Je ne sais pas… C'est peut-être pour ça que tu voulais te tatouer ces dates, pour arrêter de trop penser à eux… Mais tu sais, tu peux garder leur souvenir au plus profond de toi sans t'empêcher de vivre intensément toutes les nouvelles expériences qui se présenteront. En mûrissant, tu comprendras que la vie est limitée en longueur, mais pas en largeur.

Le ciel était devenu violet et les berges brunes. Marion se redressa d'un seul mouvement, juvénile, et Thomas lui prit la main pour s'aider à se lever à son tour. Il souriait quand, marchant prudemment dans l'obscurité grandissante, il lui entoura la taille. Il méditait de jeter le marron d'Inde dans le canal une fois qu'ils seraient arrivés à la hauteur du cèdre candélabre, puis de se précipiter dans la cuisine de Luc-Émile pour découvrir ce qu'il avait préparé à dîner.

Les abords de la maison n'étaient pas éclairés, mais le vieil homme avait déroulé sur le sol, du canal au perron, un tuyau d'arrosage jaune qui fléchait le chemin dans l'obscurité. Il prenait plaisir à guetter depuis sa fenêtre le retour de promenade de ses hôtes, deux êtres qui n'appartenaient pas à sa famille mais qu'il aimait aussi fort que Léa. Et tout autant qu'il avait pu aimer Jeanne et qu'il aimait encore Juliette.

Alors qu'elle approchait de son terme, jamais sa vie ne lui avait paru posséder autant de sens.

3

Le lendemain matin, dans sa chambre, Thomas découvrit au fond de l'armoire une poupée de vinyle, déposée là par Léa au terme de son dernier séjour d'août. La soie souple de sa robe couvrait des leggings à volants, son col Claudine était un peu sale et ses jambes raides sans chaussures. Thomas l'étendit sur le lit et fixa un bon moment ses yeux peints en gris. Il lui semblait n'en avoir jamais vu d'aussi mélancoliques.

Enfin, il sortit dans le jardin avec la poupée serrée contre son torse comme s'il s'agissait d'un enfant de chair tiède profondément endormi. La lumière lui blessa les yeux. Depuis quelques jours, l'aube était brève, le soleil s'élevait à pic et les arbres blondissaient dès le premier chant du merle.

Luc-Émile, qui venait de râteler un peu les plates-bandes devant la maison, se reposait sur le perron dans une chilienne et regardait le ciel, que la cataracte lui montrait comme une vitre bleue couverte de buée.

– Regarde, lui lança le jeune garçon, j'ai trouvé ça dans mon armoire. On dirait qu'elle a été abandonnée… Tu sais à qui elle était ?

Le vieil homme plissa les yeux pour identifier la poupée.

– Non… mais je peux te dire à qui elle est.

Il se leva alors en se massant les reins et, posant sur la tête de Thomas une main protectrice, le conduisit tranquillement vers la maison.

Il revenait aux anciens d'éventer les secrets, avec la douceur propre à leur âge, ou le tact auquel les contraint le déclin de leurs forces.

– Viens, on va laver nos bols. J'ai quelque chose à te raconter…

*Cet ouvrage a été composé
par Datamatics
et achevé d'imprimer en France
par CPI Bussière
à Saint-Amand-Montrond (Cher)
pour le compte des Éditions Stock
31, rue de Fleurus, 75006 Paris*